幼・少年期の軍事体験

光岡 浩二

大学教育出版

まえがき

　本書の対象は、題名通り、幼・少年期の軍事体験である。そしてその目的は、反戦意思の表明、すなわち、文章化にある。ただし、類似の文献は、もうすでに山ほどもある。事実、そうだとしても、私は、私なりの視点に立ち、私なりの問題意識をもってアプローチしうると考える。だが、当時を知る者、すべてが至極重視するであろう学徒出陣、学童疎開および衣糧問題には触れない。いずれも体験を欠くからで、やや詳しく説明すると、以下のようになる。

　まず学徒出陣に関してであるが、これは確かに少年期の軍事に関わる。しかし、年齢の関係上、私はその体験を欠く。山川出版社『日本史広辞典』(1997年10月) によると、政府は「1943 (昭和18) 年10月2日に勅令として在学徴集延期臨時特例を公布」し、「理・工・医・教員養成以外の大学・高等専門学校在学生の徴集延期を廃止」して「満20歳に達した学生は臨時徴兵検査のうえ、同年12月1日に入営・入団する」ことを決定した[1]。

　なお朝日新聞社『戦争と庶民』1940-49 ②「窮乏生活と学徒出陣」(1995年4月) によると、「おなじ勅令によって12月24日、さらに徴兵適齢が1年引き下げられ、19歳」となった (237頁)。

　しかし、終戦の日、私は動員学徒として出動してはいたが、まだ15歳の少年だった。したがって当然のことながら、学徒出陣の経験はない[2]。

次は学童疎開に関してであるが、これも少年期の軍事と密接に関わる。しかし、学徒出陣と同様、体験を欠く。前掲『日本史広辞典』は、それを、

> 太平洋戦争末期に重要都市の国民学校初等科児童を疎開させた政策。戦局が悪化するなか、政府は空襲時の混乱を避け、戦意の衰えを防ぐために計画。縁故を有する児童は個人的に、他の大多数の児童は集団的に疎開した。1944（昭和19）年6月の閣議で一般および初等科児童の疎開促進が決定され、東京をはじめ18都市における初等科3年以上6年までの児童を対象とした疎開が実施された。8月には第一陣が出発、翌年には対象範囲が拡大され、約46万人が7,000カ所に疎開したといわれる。寺社や旅館に寝泊まりしたが、親元を離れての慣れぬ長期間の集団生活のうえに、食糧不足や疎開先の人々との人間関係のむずかしさもあり、児童にとってはつらい体験であった。

と説明している。とすれば、私の場合、学童疎開とも完全に無縁となる。

そして次は衣糧問題であるが、これも確かに少年期に体験した軍事と密接に関わる。しかし、その1つ、衣料難は、少なくとも当時の私には無縁であった。とはいえ、わが家が裕福で、不自由を感じないほども、大量の衣類を保有していたことによるのではない。決してそうではない。

幼・少年期の農村はまだ大恐慌の余波を強力に受けていた。このため、物心のつく頃から生活は著しく質素で、これに慣れ

きっていた。したがって、戦争激化により、衣類が少々不足してもまったく気にはならなかった。外出着、すなわち、小・中学校の制服と普段着さえあれば、それで十分だった。あるいは、もしかすると、当該問題に対して、至極鈍感だったことによるのかもしれない。

それに生家は、少量ではあるが、自家用に棉花を栽培し、綿布や綿毛を生産していた。このことも衣料難をさほど強く感じなかった理由の1つに挙げられよう。祖母を手伝い、綿繰車（わたくりぐるま）や糸車を回し、機（はた）を織ったこともある。敗戦の日まで着用した中学校時代のゲートル[3]は祖母の手作りであった。

他方、食糧難[4]も、さほど強くは感じなかった。1つには生家が西日本に位置する平均的耕作規模の自作農家であるとともに、米麦はもちろん、各種野菜を年中栽培し、出荷する商品生産農家だったことによる（胡瓜、茄子、トマト等の果菜類は温床を使用して、早期出荷を行っていた）。しかもわが家は、戦前から動力精米機を所持しており、米飯はいつも白米だった。父も長男で『家』の継承が約束されている私も、ともに胃腸が至極虚弱だったことによる。しかし、当時、白米常食の事実が他に洩れると、即座に「非国民」[5]と非難されたであろうことは確実である。

このほか、私の知るかぎり、わが家には、祖父の代以降、なぜか4本足動物の肉は絶対に摂取しない習慣があった。それに鶏を数羽飼い、必要なだけの鶏卵は、これを自給していた。したがって、戦争の熾烈化により、肉類入手が困難化しても、食生活上、困ることはほとんどなかった。

また、必要な蛋白源には、魚類、特に鮎や鰻があった。主に鮎であるが、これを川の中ほどに設置した「ワク」という特殊な仕掛け（大型の一種の叉手網を、水面上に50cmくらい出た櫓の上に上流に向けて取り付け、網の部分を、梃子の原理を応用して人力により、1分間隔くらいで水面上に上げ、中に入った鮎を長い柄のついた「たも」ですくい取るようになっていた。不思議と雑魚類はほとんど入らなかった。川岸と「ワク」の間は木製の小舟で行き来した。鮎や鰻は雷雨等により水位が上昇し、濁流になると川下に下ってきた）で捕獲し、貫目単位（1貫目は3.75kg）で業者に売るとともに一部を炭火で焼き、天日乾燥して、年中保存していた。このことも、わが家が蛋白源に不自由しなかった理由の一つに挙げられよう。このほか、四季それぞれの方法で味の優れた川魚（なかんずく、どじょう科の"鮎もどき"は美味。ただし、昨今は天然記念物に指定され、捕獲は禁止）を少なからず、とって保存していたことにもよる。

　なお参考までに記すと、内蔵を抜き、塩をうすくまぶし、天日乾燥した15cmほどの小鮎を、戦場に赴く兵士のお守りにといって買いにくる女性が毎年幾人かいた。帰巣本能によるのか、3月下旬か4月上旬、川を遡上し、秋口にまた河口近くへもどる鮎の習性にあやかり、出征兵士の無事帰還を願って、彼に持たせたのであろう。しかし、その鮎を何と呼んでいたかは残念ながら記憶していない。今ではもう60年以上も前のことである。もしかすると「干鮎」と言っていたかもしれない。

　これら以外に、食糧不足をまったく感じなかったのは、私自身が、生来、胃腸虚弱体質で、食品の摂取量が著しく少なかっ

たことにもよる。子ども用の小さな茶碗一杯のご飯でさえ食べきれなかったのである。これらにより、私は食糧難とも縁が薄かったと言える。

　以上において、学徒出陣、学童疎開および衣糧問題の三者を対象外とする理由を縷々(るる)述べてきたが、次は本書執筆に当たり、ぜひ断っておきたいこと数点を、箇条書きにして示すこととする。

① 軍事体験と密接に関わる戦争（事変）の勃発・熾烈化・終焉の間接的要因、すなわち、基本的要因には言及しない。あくまでも体験の記述に重点を置く本書の場合、その必要性は小と見るからである。

② 軍事および教育関連の研究についてはまったくの門外漢である。にもかかわらず、先学の業績にはほとんど触れない。したがって、恥ずべき箇所、あるいは先学に対して失礼な箇所が多々あるかもしれない。

③ 本書は単なる回顧録であり、学術書ではない。この点に甘んじて、まったく異常としか言いようがないほど多くの文章を引用する。孫引きも決して少なくはない。これは、そのことによって、個々の事柄や問題をより具体的かつ客観的に示しうると見るからである。

④ 引用文の中には事実を歪曲し、あるいは著しく誇張したものがあるかもしれない。しかし、現段階で、その剔抉(てっけつ)は不可能である。そして引用文等の場合、氏名はすべて敬称を略す。敬語も使用しない。

⑤ 学徒出陣、学童疎開および衣糧問題は、いずれも体験を欠くとの理由で対象から外すと前述したが、三者以外にも

至極重大な事柄や問題のあることは明白で、これらは、たとえ体験を欠いても、積極的に取り上げることとする。
⑥　本書では女性問題を異常なまでに重視する場合がある。それは同問題にとりわけ強い関心をもつからである。
⑦　幼・少年期の住所は岡山県である。そして、当時、軍需工場の密集地域あるいは日本の兵器庫とすら言われた愛知県に現在は住んでいる。したがって、本書に示す事例や引用文の多くは両県に関するものとなっている。
⑧　本書執筆に当っては、図書館を初め、学校関係者、小・中学校時代の同僚や知人、隣人、親戚ら多数のひとかたならぬ協力を得た。それと同時に随分迷惑もかけた。ここに感謝と謝罪の意を表し、併せてすべてを匿名とする非礼を詫びておきたい。

注
1）　最初の出陣学徒兵が入隊した1943（昭和18）年12月1日までに、日本軍はすでに各地で撤退、転戦、全滅、玉砕等を繰り返していた。真珠湾の奇襲攻撃を皮切りに（2005年12月8日付『朝日新聞』朝刊の「社説」によると、「実際に戦端が開かれたのはこの奇襲の1時間ほど前、英領のマレー半島に日本軍が上陸した時」とのこと）、米英軍と戦闘状態に突入したわが軍は、その後、しばらくは確かに華々しい戦果をあげた。しかし、それも束の間、旗色は急変した。
　　毎日新聞社『1億人の昭和史』⑮「昭和史写真年表」元年～51年（1977年9月）の「戦況」欄により、その事実を追うと、開戦後、半年が経過した1942（昭和17）年6月5～7日には「ミッドウエー海戦　日本軍は空母4・重巡1・艦載機322　兵員3,500を失い　米軍は空母・駆逐艦各1　兵員307　航空機150の損害、戦局の転機」とな

り、これ以降は8月21日「ガダルカナル島一木支隊ほとんど全滅」、9月25日「ニューギニア・ブナへ後退開始」、12月8日「ニューギニアのバサブアで日本軍玉砕　800人戦死」、12月31日「ガダルカナル島撤退を決定」、1943（昭和18）年1月2日「ニューギニアのブナで日本軍玉砕」、2月1～8日「ガダルカナル島撤退　戦死者・餓死者2万4,000　米軍の戦死1,600」、3月2～4日「ビスマルク海戦　輸送船8・駆逐艦4・陸兵3,664失う」、5月29日「アッツ島の日本軍守備隊2,638人玉砕」、7月29日「キスカ島の日本軍　濃霧の中50分間で陸海約5,600人の撤収成功」、8月6～7日「ベラ湾海戦　駆逐艦3が撃沈され兵員1,520人を失う」、10月2日「ソロモン群島中部のコロンバンガラ島の日本軍1万2,000人撤退」、10月6日「ベララベラ島の日本軍撤退」、11月23日「マキン島の日本軍284　米軍6,400の攻撃に玉砕」、11月25日「タラワ島の日本軍4,500人　全員戦死　攻撃の米軍1万8,600　うち戦死993」と推移している。学徒出陣は、この損失分の兵員や軍備補充のために、またその後の激戦を予想して強行されたもので、ほとんどが無駄死を覚悟しての出陣だったと見て誤りはあるまい。まったく嘆かわしいこととしか言いようがない。それと同時に、今後こんなことが繰り返しあってよいのか、と声を大にして言わざるをえない。

2) 山川出版社『日本史広辞典』によると、陸軍は、徴兵制のほかに満17歳以上20歳未満の若者も志願兵として採用している。また小学館『国語大辞典』（1981年12月）によると、海軍は1930（昭和5）年以降、高等小学校または中学校2年修了程度の学力保持者を海軍飛行予科練習生（通称予科練）として採用している。したがって、私の場合、予科練には応募できた。しかし、身長、体重ともにはるかに基準以下のため、不合格となったであろうことは確実である。

なお参考までに記すと、軍部は、全国の男子中等学校に対し、一定数の生徒を強制的に予科練へ入隊せしめた。例えば、母校の場合、『関西学園百年史』（1987年10月）は「本校でも『第一回予科練の割当がきて、17名の者が入隊した』」と言っている（176頁）。

また、愛知県立新城高等学校の第24回生（1946年3月卒業）の鈴

木英男は「暗く、悲しき時代」と題する文章の中で、「２年生になると、海軍の飛行予科練習生の学校割当がくるようになった。１校当り、何名の応募者を出せ。と、いう命令が学校に何度も来た。そのたびに同級生の何名かが、先生に説得されて志願していった。」(『創立50周年記念誌』1962年10月 ）と言っている（193頁）。次に同校『創立60周年記念誌』(1972年１月）は、1943（昭和18）年12月に「徴兵適齢引下げとなり、学園にも教師による志願兵勧誘が強く、条件にかなう者の拒否は非国民呼ばわりをされ、志願者57名（内採用20名）を出すに至った。時に全校生徒341名」だったと記している（23頁）。

なお2005年８月20日付『中日新聞』夕刊は、進学校のため予科練への志願者が少なかった愛知県立一中（現・旭丘高校）では、当時、校長を先頭に全教員挙って生徒を説得した、と報じている。進学校はいずこも同様だったのではあるまいか。

3) 小学館『国語大辞典』はゲートルを、足に巻いて使う洋風の脚絆、と説明している。

4) 終戦後のみならず、戦時中も食糧難問題は至極深刻だった。このことは、わずか１例であるが、毎日新聞社『１億人の昭和史』の1945年３月26日付「社会・事件」欄に「一家が空腹にたえかね継母が病気の娘を殺し　その肉を一家で食べる事件　群馬で発生」とあることから見ても明白である（84頁）。極めてショッキングな事件で、いかに食糧難とはいえ、本当にこんなことがあったのか、信じられないほどである。そしてこれもまた戦争に起因する悲劇の一つと言えよう。

5) 戦時中よく耳にした言葉には「非国民」のほかに、「赤紙」「一億一心」「一億玉砕」「一億火の玉」「一死報国」「一旦緩急」「慰問袋」「英霊」「お国のため」「開墾」「買い出し」「買いだめ」「回覧板」「学徒出陣」「学徒動員」「神風特攻隊」「紀元二千六百年」「鬼畜米英」「切符制」「義勇奉公」「供出」「挙国一致」「勤労奉仕」「空襲警報」「軍国少年」「軍国少女」「軍国の母」「軍神」「月月火水木金金」「堅忍持久」「興亜奉公日」「皇運扶翼」「皇軍」「皇国民」「公定価格」「国防婦人会」「国賊」「国体維持」「国家総動員」「御奉公」「国民一丸」「国民精神総動員」「国民総決起」「国民服」「最前線」「志願兵」

「時局柄」「醜の御楯」「至誠報国」「銃後」「少国民」「召集令状」「食糧増産」「神国日本」「神州男児」「神州不滅」「尽忠報国」「皇御国」「聖戦完遂」「赤子」「赤誠」「戦意昂揚」「戦局」「戦捷祈願」「戦地」「戦闘帽」「千人針」「戦力増強」「総動員」「疎開」「大詔奉戴日」「大政翼賛会」「大東亜共栄圏」「大東亜建設」「大日本国防婦人会」「大日本帝国」「大日本婦人会」「大本営発表」「代用食」「代用品」「竹槍訓練」「忠義」「忠君愛国」「忠孝一致」「徴兵検査」「徴用」「忠勇」「帝国陸・海軍軍人」「敵前上陸」「撤退」「天壌無窮の皇運」「転進」「燈火管制」「特攻隊」「特殊潜航艇」「隣組」「難局」「肉弾」「配給」「八紘一宇」「非常時」「日の丸弁当」「武運長久」「防火水槽」「防空演習」「防空壕」「防空頭巾」「誉れの家」「本土決戦」「御稜威」「名誉の戦死・負傷」「滅私奉公」「もんぺ」「大和魂」「大和撫子」「大和民族」「油断大敵」など多数があり、また流行した標語には「一億一心、火の玉だ」「撃ちてしやまん」「殖めよふやせよ」「贅沢は敵だ」「戦陣の華と散れ」「欲しがりません勝つまでは」「闇取引は利敵行為」などがあった。今にして思えば、すべてが懐かしい言葉や標語ばかりである。

幼・少年期の軍事体験

目　次

まえがき …………………………………………………… i

第1章　軍事体験追求の理由 ………………………… 1

第2章　小・中学校時代の軍事体験 ………………… 18
 (1)　教科書内容の軍事化　*18*
 (2)　小学校時代の軍事体験　*30*
 (3)　中学校受験とその後　*39*

第3章　陸軍兵器補給廠への学徒動員 ……………… 64
 (1)　動員体制確立までの経緯　*64*
 (2)　学徒らの宣誓文と校長の書簡　*71*
 (3)　三軒屋部隊での活躍　*77*
 (4)　私たちの体験しなかった問題　*102*
 (5)　異常化した動員学徒の卒業式　*111*

第4章　米軍機（B29）の岡山市空襲 ……………… 126
 (1)　米軍機空襲の激化と全国化　*126*
 (2)　米軍機（B29）の岡山市空襲　*132*
 (3)　被爆地の惨状　*138*

第5章　米軍機（P51）の列車襲撃 ………………… 151

第 6 章　終戦直後の諸事情 ……………………………156
　(1) 軍事色の稀薄化　　157
　(2) 教科書に見られた異常性　　157
　(3) 夕刻は決まって消える電燈　　161
　(4) 乗客鈴なりの通学列車　　162
　(5) 多数の闇米購入者来村　　163
　(6) 占領軍の進駐　　165
　(7) その他　　166

あとがき ……………………………………………169

第 1 章

軍事体験追求の理由

　終戦の日、すなわち、1945（昭和20）年8月15日までの、いわゆる15年戦争[1]に限っても、膨大な量の軍事関連文献が存する。再軍備阻止や反戦に関するものも多い。にもかかわらず、現在、軍備強化は着々と進行している。かかる状況下で、私ごとき非才の身が、軍事や反戦に関する駄文を物して、いったい、それが何になるのか、何に役立つのか、自問すればするほど、悩みは増すばかりである。

　それのみならず、戦争を知らない若い世代からは、わが国に限定するかぎり平和な、そして何一つ不自由しない、この時代に反戦の意思表示をして、いったい、それにどんな価値があるのか、まったく無意味ではないか、との軽蔑の声も出てきそうな気がする[2]。

　このような事情から、進退極まり、日々悶々としていたところ、幸運にも早乙女勝元著『戦争と子どもたち』（河出書房新社　2003年1月）の「あとがき」に記されている、

　　「戦災の体験を語りつぐことで、戦争がくいとめられますか？」生徒の1人から、そんな質問を受けたことがある。「残念ながら無理でしょうね。でもね。戦争を阻止する方向

> への、さしあたりの一歩にはなると思う。体験者は語り、書く。そして君たちは、きちんと過去の戦禍を知り、学ぶ。それが未来の平和に生かされることはまちがいないんで、君たちは決して傍観者であってはならないのです。」と私はそんなふうに答えたものだ。みんながさしあたりの一歩を踏み出すことが大事で、一歩ずつしか階段は登れない。いささかじれったいようだが、過去の歴史を事実に即して知ることが、同じあやまちを繰り返さぬ平和の力とどこかで結びあうのではないか。そうした社会的関心と知性が、今ほど問われている時はない。

との文章に出くわした（237〜238頁）。この瞬間、これまでの煩悶は一気に雲散霧消した。それと同時に、全面的にではないが、軍事体験をした私にも、微力ながら、それを記述し、公表する義務がある、と思うようになった。

ほぼ時を同じくして、

> 私達は青春時代が戦争のまっただ中で勤労奉仕や軍事訓練で勉強はあまりしなかったように思います。今、また、イラクの戦争で世界中がテロや殺し合いで、たくさんの人が犠牲になっています。21世紀こそ戦争のない平和でありますようにと願っていましたのに、歴史は繰り返すといわれますが、やっぱり戦争はさけられなかったのでしょうか。私たちは戦争の恐ろしさ、苦しさ、みじめさを知っているだけに、二度と戦争にまきこまれないように、今こそ平和を取り戻すように大声を出して、社会へ、世界へ訴えなけ

ればなりません。がんばって下さい。

との激励の手紙が、小学校時代（最後の１年間は国民学校。入学時は高島尋常高等小学校。1941年３月１日公布の「国民学校令」[3]により高島国民学校と改称）の同窓生から届いた。確かに私たちの幼・少年期は彼女が言うように戦争のまっただ中にあり、それを身をもって体験した。しかもこの恐ろしい事態が、今も中東地域やアフリカ（この場合は内戦）で繰り返され、また国内では、世界に誇る平和憲法の改正論も現実味を帯びてきている。

なお、１フィート運動の会（子どもたちにフィルムを通して沖縄戦を伝える会。2004年に吉川英治文化賞を受賞）事務局長の中村文子（90歳）は、

2004年６月23日の「沖縄慰霊の日」に行われた国際反戦沖縄集会で、

　　アンマー（お母さん）のようなむごい死に方はもうさせません。「海ゆかば」[4]を歌わせて教え子を送り出すこともさせません。私たちの切実な思いをよそに、日本の国は憲法を揺さぶっている。二度と沖縄を繰り返さないために、あらん限りの力を尽くしましょう。

と声を張り上げた、と2004年７月４日付『中日新聞』朝刊は報じている。

また、特に沖縄戦の激烈さ・苛酷さ・悲惨さは、同年８月４日午後９時15分から放映されたＮＨＫ総合テレビの「その時歴

史が動いた　秀作選『さとうきび畑の村の戦争』沖縄戦・住民はなぜ犠牲に？　米兵証言」により、一段と強く印象づけられた（沖縄戦の悲惨さ、残酷さ、非人道性等については2005年6月18日午後9時から放映されたＮＨＫスペシャル「沖縄よみがえる戦場・地上戦に巻き込まれた住民たち」によりまたまた強い感銘を受けた。特に集団自決や日本兵による百人近い沖縄住民の虐殺等は耳目を反らさせるものがあった）。

　そして、『中日新聞』文化部・市川　眞は、2004年8月13日付の夕刊で、三木睦子（故三木首相夫人）についての「取材後記」で、

　　　戦争は常に「正義」の名の下に行われる。「正義」の奔流を押しとどめるのは、戦争体験を語り継ぐことと、「武器で命を取るな」という徹底した人道主義。三木さんの口にする言葉の一つひとつに、そんな熱意を感じた。

と言っている。

　さらに反戦的立場で書かれ、軍事体験の次世代への語り継ぎが必要と訴える4冊の本を紹介しておこう。いずれも昭和一桁代前半期出生の、したがって、私とほぼ同年齢で、戦中派[5]に属する人々の、ただし、1冊は軍隊式訓練で猛烈にしごかれた1男性の回顧録、次は動員先の極めて危険な労働と厳しい生活環境の中で、辛酸をなめた元高等女学校生[6]らの手記集（編者・執筆者・出版社等の異なる2冊）、もう1冊は動員先で米軍の猛爆を受け、多数の死者を出すとともに、その下を逃げまどい、まさに生死の境界をさまよった、これまた元高女生らの手

記集である。

　まず男性の場合、著者は安藤福治で、1930（昭和5）年3月生まれ。したがって、学校は異なるが、小学校時代は私と同学年だったと推測される。彼は自叙伝『14歳　私の戦争』（1991年4月頃の自費出版らしい）の冒頭に、

> 　近年、東西関係の緊張緩和が進展し、国際情勢は新たな環境を迎えております。平成という新しい時代に入って、昭和という戦争の歴史を過去に追いやろうとしております。たぶん、今の子どもたちにとっては、戦争など夢のまた夢であり、戦争の本当の恐ろしさを知らないでしょう。そして、平坦すぎる世の中に飽き足りて何かスリルを求めている事でしょう。平和を叫ぶ戦争体験者の声に耳を傾けるどころか、鼻で笑っているかも知れません。しかし、私は戦争という時代に生まれてしまったのです。たくさんの悲しい出来事をいやでも目にしなければならなかったのです。どうか、この「14歳の私の戦争」を読んで下さい。一生涯、決して忘れることのできない苦しくて、悲しい私の過去です。そして、戦争というものの悲惨さを少しでも解っていただければ幸いです。二度と同じ過ちを繰り返さないようにして欲しいと思います。祖国のために散った多くの戦争犠牲者の霊に心から捧げ、ご冥福をお祈りいたします。

と記している。同書の内容に接し、まず驚くのは、彼の優れた表現力と抜群の記憶力であり、また訓練指導者や上官から受けた暴行の凄まじさである。

彼が愛知県内海(うつみ)普通海員養成所で教育の名の下に受けた暴行の数々を具体的に見てみよう。わずか14歳の時のことである。
内海に着き

　　少し休むとすぐ整列させられ、見るからに怖そうな男が、「貴様等、言われたことに手を挙げろ。まず、寝小便する者。」と言いました。私の横のものがちょっと笑ったら、たちまち男がやってきて顔が腫れるほど殴ったうえに蹴りもしました。

　　9時、海岸に全員集合し、軍艦旗掲揚ラッパ氏の吹くのに従い旗に全員敬礼、そして分列行進。足が合わないとすぐ、教官が飛んできてどつき、蹴る。ラッパに合わせて綺麗に行進できれば、次は服装点検。ここで焼き米やいり豆などが見つかればそれはもう大変。腕立て伏せをさせられ、精神棒で、立てないくらい殴り倒される。

　　毎日毎日、練習といっては殴られ、訓練といっては蹴られた。

　　自由な1日も夕方の集合時間に遅れれば一転してしまう。1分遅れる毎に一発と、腕立て伏せの後、精神棒でおもいっきり殴られる。その痛さと言ったら並みではない。うなり、転げ回る。

　　訓練で一番嫌いだったのは棒倒しや騎馬戦である。どうしても負けられないのである。なぜなら、負けると、勝った組と向かい合わせに並ばされ、殴られなければならないからである。友を殴るのも、友に殴られるのも辛いが、手

加減すれば、「このように殴るんだ！」とおもいっきり殴り倒される。殴るか、殴られるか。生きるか、死ぬか。仲間同志でさえこのように争うことを強制されるのだから、戦争教育とは本当に恐ろしいものである。私たちの中に、「勝つか。」「負けるか。」という二つに一つの厳しさを植えつけていったのである。喧嘩・殴る・蹴るの死に物狂いの棒倒し。その迫力と言ったらとても言葉では言い表せない（予科練も同様だった……引用者注[7]）。今の運動会など、かわいいものである。

と記している（3～7頁）。今でも、このような暴行闊歩の軍隊が世界のどこかに存在するのだろうか。最近のテレビニュースで1例があることを知った。死者も出ているとのこと。

次は『16歳の兵器工場』（太平出版社　1979年6月）であるが、編者の山室　静（約1か月間、動員学徒に付き添った国語教師）は、その「編者あとがき」で、

これは、今度の戦争末期に、学徒動員で名古屋在（現在の愛知県春日井市。敷地の一部は、私が40年余勤務した名城大学の付属農場となっている……引用者注）にあった陸軍第一造兵廠に駆り出された長野県野沢高女の4年生たちの、あらゆる不自由を偲び、空襲下の危険にさらされながら、終戦のその日まで、ついに頑張りぬいた記録を集めたものだ。

と同書の内容を紹介している（269頁）。そして出版社編集部は

「シリーズ・戦争の証言を完結するにあたって」と題する冒頭の文章の中で、

> 1970年から準備をすすめてきましたシリーズ・戦争の証言は、8年をかけて、ここにようやく第一期・全20巻を完結するはこびになりました。……もしこのシリーズが、むなしく風化しようとする15年戦争の体験を正しくうけつぐ作業に多少でも貢献をすることができれば、わたくしたちの最も幸いとするところです。この8年のあいだに、戦争体験を継承する作業が、戦争の体験者ばかりでなく、ようやく「戦争をしらない」世代にうけつがれはじめたことを、わたくしたちはつよく感じております。しかし一方には、「防衛力」強化の名による途方もない軍事力の拡張にみるまでもなく、日本軍国主義の復活への試みが、陰に陽に、さまざまな形で執拗につづけられていることも、見のがすことができません。

と編集意図を披瀝(ひれき)している。

そして、次は『女学生の太平洋戦争』(信濃毎日新聞社 1994年8月)であるが、編者の関(旧姓小井土)幸子と遠藤(旧姓河西)岬の両名(ともに1929年生まれ)は、同書の冒頭に記した「長野県女子学徒勤労動員の概要」の中で、

> 当時、彼女たちは15、16歳の少女でした。小学校(または高等科)を卒業し、憧(あこが)れの女学校に喜びの入学を果たし、その制服に身を包んだにもかかわらず、制服を脱がざるを

得なくなりました。学生の本分である学業を打ち捨て、父母や祖父母の木綿の縞や絣の着物を作業着やもんぺに仕立て直して身に着け、日の丸に「神風」の文字を印した鉢巻きを締め「学徒としての本分をわきまえ、学校の名誉を辱めぬよう、国の為天皇陛下の為に一生懸命働くことを誓います」という内容の宣誓文を読み上げて、それぞれの工場へ動員されて行きました。彼女たちは肩に、空爆から身を守るために、厚く綿を入れた防空頭巾と救急袋を十文字に掛け、胸には血液型を記した名札を付けていました。……

　仕事は航空機部品、爆弾、銃弾、落下傘、風船爆弾、通信機、医療品、携帯食糧、兵隊さんの軍服、手袋の縫製など兵器をはじめ軍需品の生産が主な仕事でした。……長野盲唖学校、松本盲学校などの生徒たちも傷痍軍人の鍼灸治療をしたり町の工場で働きました。……

　粗末な食事と空腹と過酷な労働が、結核、脚気、神経痛、外傷等々、彼女たちの身体を蝕んでいきました。犠牲者の正確な数は判明しませんが、中には命をおとした人、今もその後遺症で苦しむ人たちがいます。愛知県へ出動した人たちはこの上さらに、連日連夜の空襲に遭遇、明日の命の保証のない毎日でした。……

　労働時間は8～12時間で、昼夜の別なく二部制、三部制がとられ、夜の10時頃終業となり家路へ就く人、それから朝まで勤務する人とさまざまで、工場、学校によってずいぶん労働環境に違いがありました。……

　彼女たちの働いた報酬は、「報償金」という名目で、月、

40円支給された学校が多くありました。しかし、この中から授業料、報国団費、寮費及び食費等を支払いますと、手元には10円ほどしか残りませんでした……中には……自分たちの縫ったズボン下1枚を貰(もら)っただけという手記もありました。……

　当時の乙女たちもすでに還暦を過ぎ、年金が支給される年代になりました。そして、動員の記憶は日一日と茫々(ぼうぼう)の彼方に消え去りつつあります。「歴史の事実を消してはならない」という焦りの中で「記憶にとどめ、後世に伝えることのできるのは自分たちしかいない」、こうした使命感が彼女たちを立ち上がらせました。それは紛れもなく彼女たちの青春であり、避けて通れない過去であり、今日ある自分の原点ともなっているからです。

と言っている（10〜12頁）。

　そして「あとがき」の欄で関　幸子は、

　　純粋に本当に疑うことを知らず、勝つことのみを信じて一生懸命働いた学徒勤労動員でしたが、私たちの造った兵器は多くの人を殺してしまいました。とりもなおさずこの手記は、戦争の愚かさを如実に語っています。来年は終戦から50周年目を迎えます。日1日と風化していく中で記録にとどめることができたことに感謝しつつ、『不戦』を誓いたいと思います。

と言い（403頁）、また、遠藤　岬は、

第1章　軍事体験追求の理由　　11

　　この体験集を作りながら、現在の平和で豊かそうに見える社会にあって、私たちは戦争による多くの痛みを抱えて生きていることを、また受けた痛み、与えた痛みは50年たった今でも絶対に忘れないことを改めて知りました。そして、どんなことがあっても絶対に戦争をしてはならない、そのために何とか手だてを講じなくてはならないという願いを、だれもが持っていることを知りました。この本が長野県下の「女子学徒勤労動員」の実態を風化させることなく伝え、若い世代に少しでも役に立つことを願わずにはいられません。

と言っている（406頁）。

　なお4冊目は、愛知県の元豊川海軍工廠[8]へ出動を余儀なくされた学校中で最多の犠牲者を出した松操高等女学校（現在の松操コンピュータ・ソーイングスクールの前身）の場合であるが、その同窓会長・大羽（旧姓鳥居）朝子は、同校8・9回卒業生編『母さんが中学生だったときに―豊川海軍工廠・被爆学徒たちの手記―』（エフエー出版　1994年12月）の冒頭に、

　　豊川海軍工廠への学徒動員は、昭和20年8月15日、悲惨のうちに終わった。私たちは、先生を含め、先輩後輩合わせて47名を戦禍に奪われた。……私も、終戦の前年、昭和19年8月、奇しくも当工廠に夏休みを返上して奉職した1員であるが、もし、あれが1年後であったならばと思うと身の毛がよだつ思いがする。……国のために尊い命を捧げた数多くの人びとの犠牲を礎として、今日の日本は栄えて

きた。戦争は人間の生命を奪い、また、生き残った人びとの心にも深い傷を負わせてしまう。あの日、爆弾の下で知った戦争の恐ろしさと生命の尊さを、次代の子や孫たちにありのままに伝えることが、私たちの使命だと思う。この本が、1人でも多くの人々に読み継がれていくことを願っている。

と記している。

　さらにもう1つ、わずか1頁余りの短文ではあるが、極めてユニークな回想記をここに紹介しておこう。執筆者は1946（昭和21）年に、愛知県立農蚕学校（現愛知県立新城高等学校の前身）を4年生で卒業した前記・鈴木英男である。

　彼は中等学校「入学が太平洋戦争開戦の4カ月後、卒業が敗戦の7カ月後」と記しているところから、学校は異なるが、在学中は私と同学年だったと推測される。この点はともかく、彼の回想記を読み、特に強く感動したのは「暗く、悲しき時代」と題する文章の中で、

　　在学時代の思い出は、全て戦争につながっている。……戦争の激化と共に加わる戦時体制の強化と軍事教練の圧力とによって、学問のおもしろさや、読書の楽しさを教えられることはきわめて少なくなっていった。そして単純で世間知らずのわれわれは軍隊へ入って将校になることのみが、自分たちに与えられた唯一の使命であるかのように考えざるを得なくなっていった。……敗戦の8月15日まで、机に向う学習はいっさい無くなり、勤労動員と学校農場の手入

れと、そして、"死ぬことだけを教える"軍事教練とがくり返されていった。……入学以来、受動的に考えることしか許されず"いかに死ぬか"しか教えられなかったわれわれは、「さあ、平和な時代がきたから勉強せよ」といわれても、ただ、途方にくれるばかりであった。……想えば暗く悲しき4年間であった。同じ戦時中に在学していた年次の中で勉強する時間を最も犠牲にされたのは、われわれであったと思う。失なわれ、害なわれるものもっとも多く、与えられるものもっとも少なき4年間であった。

と言っている点である[9]（愛知県新城高等学校『創立50周年記念誌』 193～194頁）。勉学を志して、当時、中等学校に進学した者の多くが、今も時折、同様の感慨にひたっているのではあるまいか。かつて、長野県大町高女生だった大井川平子は、当時の学生模様を評して「学歴あって学力なし」（『女学生の太平洋戦争』）と言っている（215頁）。けだし言いえて妙と感心せざるをえない。

　以上により、戦争の脅威、悲惨さ、異常性、非人道性等はある程度理解できたが、これだけにとどまらず、その悲劇を二度と繰り返さないように、そして多くの弱者が、その犠牲にならないように、また人類のみならず、多くの動・植物もその巻き添えをくわないように、非力ではあるが、反戦に向けて頑張ること、差し当たっては、戦争の実態を、可能なかぎり具体的に示し、公表して後世に伝えることが、今の私には急務と思われるようになった。

注

1) 山川出版社『日本史広辞典』は、15年戦争について「1931年9月18日の柳条湖事件から45年8月15日の太平洋戦争終結までを一連の戦争とみなす呼称。56年、思想家鶴見俊輔によってとなえられた」と説明している。

2) もちろん、若者のすべてが軍事に関する体験記や談話を嘲笑するのではない。例えば、大学生の中山雅道は2004年8月16日付『朝日新聞』(名古屋版)朝刊の「声」欄で「特に今のお年寄りは、戦争という激動の世代を生き、現代社会の基盤をつくってきた人たちです。……特にお年寄りに、やってもらいたい授業は『命』と『戦争』についてです」と言っている。

次に「求められるままに中国での戦争体験を語り続けて18年余」という90歳の本多立太郎は同年8月17日付『朝日新聞』(名古屋版)朝刊の「声」欄で「今年は特に、若者たちの強い関心を感じる。最近の政治情勢の影響だろうと思う。国会、政府部内に、改憲の声が大きくなろうとしているのを、敏感に感じ取り始めている。次世代を担う若者らが、戦争も『現実の問題』と自覚し始めたのだ」と言っている。

3) 文部省『学制百年史』(記述編　1972年10月)によると、1941(昭和16)年3月公布の国民学校令第一条には「国民学校ハ皇国ノ道ニ則リテ初等普通教育ヲ施シ国民ノ基礎的錬成ヲ為スヲ以テ目的トス」とあり(573頁)、小学館『国語大辞典』は「皇国」を「天皇が統治する国。昭和20年頃まで、日本の異称として用いられた。すめらみくに」と説明している。

4) 「海ゆかば」の歌詞は「海行かば　みづくかばね、山行かば　草むすかばね、大君のへにこそ死なめ、かえりみはせじ」という短いものである。そして前掲小学館『国語大辞典』には、万葉集の中の大伴家持の長歌の1節によって作られ、信時(のぶとき)　潔(きよし)が作曲し、1938(昭和13)年に発表されたとある。楽譜は下記の通りで、いのうえせつこは、その著『女子挺身隊の記録』(新評論　1998年7月)の中で、戦時中は「『君が代』に次ぐ準国歌として……つかわれた」と言っている(188

第1章　軍事体験追求の理由　　15

出典：海洋協会『海の軍歌と唱歌』
1969年9月9頁

　頁)。
5) 小学館『国語大辞典』は戦中派を「昭和初めから同10年までに生まれ、青少年期を第二次世界大戦中に過ごした年代の人々」と規定している。
6) 小学館『国語大辞典』は高等女学校についてであるが、「旧学制下の女子の中等教育機関。高等普通教育を行なうことを目的とし、修業年限4年。大正9年には5年制も認められる」と説明している。
7) 中学校2年生の時、予科練に入隊した小学校時代の同僚は「予科練では1人が悪いことをすると、30人全員がなぐられた。入隊期間の3か月で50回以上なぐられた」とアンケート用紙の自由意見欄に記入している。また私より1歳年長の児童文学者・寺村輝夫は「さいごの予科練」と題して、入隊中に受けた暴行の凄まじさを上野良治編　シリーズ現代史の証言②『戦時の国民生活』（汐文社　1975年9月）の中に極めてリアルに示している（236〜239頁）。
8) 2004年8月15日付『朝日新聞』（名古屋版）の朝刊は「東洋一の軍需工場」だった豊川海軍工廠について、

　　　主に機銃と弾丸を製造、最盛時の従業員は約5万6千人、うち女子挺身隊は6千人、学徒は6千人だった。1945年8月7日の空襲では、B29爆撃機124機が午前10時13分から26分間に、500ポンド（250kg）爆弾3,256発を投下。……豊川稲荷の供養塔には犠牲者2,545人の名が刻まれている。

と報じている。

　豊川海軍工廠へ動員されていた愛知県の学校数と生徒数は、1945年4月現在、表1-1のようになっている。県内からは、これら以外に奥三河の国民学校19校の高等科2年生252名も短期間（30日間）参加している（近藤恒次『学徒動員と豊川海軍工廠』豊橋文化協会1977年8月　46～47頁）。

　なお、学徒はこれらだけにとどまらず、静岡県西部地区の2高等女学校、早稲田大学専門部（のちほど「被爆地の惨状」で紹介する名城大学名誉教授・有田辰男は、この時、同大学の学生だった）、明治大学、日本大学予科、立命館専門学校、摂南工業専門学校等からも出動していた（近藤上掲書　44頁）。

　そして死亡者数を学校種類別に見ると、男性は大学22名、専門学校8名、中学校70名、実業学校49名、国民学校44名、計193名、女性は高等女学校172名、実業学校77名、国民学校10名、計259名、そして男女計は452名となっている（『愛知県教育史』〔資料編 近代4 1995年3月 859頁〕、近藤・上掲書　63～64頁）。

　以上は豊川海軍工廠のみの数値である。愛知県には、これ以外にも死亡者多数の出た工場がある。動員学徒数および死亡者数等を詳細に調べた佐藤明夫の著書『哀惜1000人の青春』（風媒社　2004年7月 266頁）によると、10人以上の学徒死亡者が出た工場の死者は豊川海軍工廠449(35)が特に多く、これに愛知時計電気154（11）、中島飛行機半田製作所115（23）、愛知航空機81（2）、三菱発動機大幸

表1-1　豊川海軍工廠への愛知県内学徒動員数

学校の種類	学校数	生徒数合計	学　年　別　人　数							
			1年生	2年生	3年生	新入3年生	4年生	5年生	専攻科	卒業生
男子中等学校	9	2,009	－	790	819	－	85	300	－	15
女子中等学校	13	3,706	100	993	1,451	235	662	－	265	－
国民学校高等科	10	504	308	196	－	－	－	－	－	－

資料：近藤恒次『学徒動員と豊川海軍工廠』（44～46頁）
注：①新入3年生の意味は不明。家政学校1校にのみ存在。
　　②国民学校高等科の男女別人数は不明。

工場54（8）、三菱電気学校工場42、住友金属名古屋工場32（4）、三菱航空機大江製作所29（13）、岡田工業18、三協金属（大幸）10と続く（括弧内の数値は県外からの動員学徒死亡者数）。

　そして2004年7月29日付『朝日新聞』（名古屋版）の夕刊は原爆投下地・広島市の「被爆死動員学徒7,200人に」と報じている。原爆の威力、まさに驚愕以外の何ものでもない。実験も使用も決して行われるべきではない。

9) 元岡山県立第二高女生で、1944（昭和19）年に第3学年だった永山登久子も「机に向かっての勉強を一番していない年齢は、私共昭和4年生まれの者ではないかと思って居ります。」と言っている（岡山朝日高等学校『教育史資料』第3集　1977年7月　63頁）。

第 2 章

小・中学校時代の軍事体験

　小学校（国民学校）時代の軍事体験に関しては、まず教科書とその内容について見る[1]。次いで在学中に学校内外で体験した諸々の事柄を示す。そしてそのあと、中学校受験と入学後の軍事体験（教練には限らない）を記す。ただし、学徒動員は次章に譲る。

（1）教科書内容の軍事化

　情報過少の戦前・戦時中は、小学校（国民学校）用教科書が、児童の知的向上および意識変化に果たす役割は至極大だった、と見て誤りはあるまい[2]。とはいえ、使用された教科書の全部が同様だったとは言えない。教師あるいは児童の個性や関心度により、また授業時間数等によって、影響の程度は異なったはずである。しかし、教師や児童には個人差があり、その把握は不可能である。したがって、これを除くと、まず注目すべきは授業時間数である。とすれば、全教科書中、児童への影響が最も、しかも特に大きかったのは国語である。その授業時数は、表2-1のように、群を抜いて多かったからである。

　授業時間数に次いで見るべきは、その内容である。表2-2は、大正中期から終戦に至る約四半世紀間に国語教科書に掲載

第2章 小・中学校時代の軍事体験

表2-1 尋常小学校教科目別週間授業時間数

	第1学年	第2学年	第3学年	第4学年	第5学年	第6学年
國　語	10	12	12	12	9	9
算　術	5	5	6	6	4	4
体　操	4	4	3	3	3	3
唱　歌			1	1	2	2
修　身	2	2	2	2	2	2
裁　縫	－	－	－	2	3	3
理　科	－	－	－	2	2	2
地　理	－	－	－	－	2	2
日本歴史	－	－	－	－	2	2
圖　画（男）	－	－	1	1	2	2
圖　画（女）	－	－	1	1	1	1
合　計（男）	21	23	25	27	28	28
合　計（女）	21	23	25	29	30	30

資料：文部省『学制百年史』記述編（464頁）
注：①1919（大正8）年現在の数値。
　　②裁縫は全部女児。

表2-2 教科書名と軍事関連文章の題名

教科書名	巻数	発行年月	題　　名
尋常小学國語讀本	1	大正7年1月	──
	2	15年4月	キクノハナ
	3	昭和3年10月	──
	4	3年3月	11月3日
	5	6年9月	大日本、金鵄勲章
	6	7年4月	入營した兄から、神風
	7	6年10月	大連だより、一太郎やあい
	8	8年6月	廣瀬中佐、乃木大将の幼年時代
	9	4年11月	両将軍の握手、水師營の會見、軍艦生活の朝、水兵の母
	10	4年6月	傳書鳩、文天祥、進水式

尋常小学	11	4年12月	我は海の子
國語讀本	12	6年6月	我が國民性の長所短所
尋常科用小學國語讀本	1	昭和7年12月	ススメ ススメ ヘイタイ ススメ
	2	8年7月	──
	3	9年2月	──
	4	9年8月	海軍のにいさん、ニイサンノ入營
	5	10年2月	天長節
	6	10年7月	神風、軍旗、潜水艦、東郷元帥
	7	11年1月	兵營だより、乃木大将の幼年時代
	8	11年8月	大演習、小さい傳令使、廣瀬中佐
	9	12年2月	軍艦生活の朝、橘中佐
	10	12年7月	水兵の母、水師營の會見、御民われ
	11	13年2月	日本海海戦、皇國の姿、我は海の子、空中戦、日本刀
	12	13年8月	機械化部隊、ほまれの記章
ヨミカタ	1	昭和16年3月	ヘイタイサン ススメ ススメ チテチテタ トタ テテ タテタ
	2	16年9月	兵隊ゴッコ
よみかた	3	16年3月	軍かん
	4	16年8月	海軍のにいさん、菊の花、にいさんの入營、金しくんしょう、病院の兵たいさん
初等科國語	1	昭和17年3月	にいさんの愛馬、軍犬利根
	2	17年7月	潜水艦、軍旗、ゐもん袋、三勇士
	3	17年3月	靖國神社、兵營だより、東郷元帥
	4	17年8月	観艦式、大演習、小さな傳令使、廣瀬中佐、大砲のできるまで、防空監視哨
	5	18年2月	戦地の父から、軍艦生活の朝、動員
	6	18年8月	水兵の母、不沈艦の最期、水師營、敵前上陸
	7	18年1月	日本海海戦、われは海の子、御民われ
	8	18年8月	太平洋、洋上哨戒飛行、レキシントン撃沈記、珊瑚海の勝利

資料：小学校（国民学校）教科書
　注：巻数と発行年月の順序は必ずしも一致しない。

された軍事関連文章の題名一覧である。しかし、遺漏なく全部

を網羅しているとは言えない。努力はしたが、完璧ではない。

　この場合、期間を大正中期以降に限定するのは、別に他意はなく、事例があまりにも多いことによる。表2-2により、少なくとも大正中期以降は、ほとんどすべての教科書に軍事関連文章が掲載されるとともに満州事変、支那事変、大東亜戦争（現在は太平洋戦争と呼称）と戦争の拡大・熾烈化にともない、軍事色のより濃厚な文章の増加傾向にあることなどが知られる。

　教科書内の軍事関連文章にも虚構はあろう。したがって、というよりは、まさにその故に著しく知的に未熟だった私は、そのすべてを真実と信じきった。そして白服に金モールのついた短剣姿の海軍将校に憧れ、海軍兵学校に進学し、いったん緩急あれば、皇国のため、一命を投げ捨てる覚悟をした時期すらあった。忘れもしない中学校受験の頃である。著しく小身であり、しかも低い知的水準からして、兵学校合格など到底不可能だったのに。今にして思えば、滑稽ですらある。それのみならず、同校入学者に対して失礼である。

　紙面の関係上、表2-2に示す題名全部の内容紹介は不可能である。したがって、ここでは『ヨミカタ』2（1941年9月）の「兵タイゴッコ」と『尋常小學國語讀本』巻9（1929年11月）、『尋常科用小學國語讀本』巻10（1937年7月）および『初等科國語』6（1943年8月）のいずれにも掲載されている「水兵の母」のみ全文を示すこととする（以下において依拠する文献は講談社刊　海後宗臣編『日本教科書体系』およびほるぷ出版の復刻版である）。そして両者のうち、「兵タイダッコ」は習った記憶がない。そもそも当該教科書発行時、私はすでに6年生だった。

これに対して、「水兵の母」は鮮明に記憶している。

　兵タイゴッコ

　勇サンハ、オモチャノテッパウヲ持ッテ、「ボクハホ兵ダヨ。」トイヒマシタ。

　正男サンハ、竹馬ニノッテ、「ボクハキ兵ダヨ。」トイヒマシタ。

　太郎サンハ、竹ノツツヲ持ッテ、「ボクハハウ兵ダヨ。」トイヒマシタ。

　太郎サンノ弟ノ次郎サンハ、小サイシャベルヲ持ッテ、「ボクハ工兵ダヨ。」トイヒマシタ。

　勇サンノ弟ノ正次サンハ、三リンシャニノッテ、「ボクハセンシャ兵ダヨ。」トイヒマシタ。

　ユリ子サンノ弟ノ秋男サンハ、ヲリガミノグライダーヲ持ッテ、「ボクハカウクウ兵ダヨ。」トイヒマシタ。

　花子サンノ弟ノ一郎サンハ、オモチャノジドウシャヲ持ッテ、「ボクハシチョウ兵ダヨ。」トイヒマシタ。

　花子サントユリ子サンハ、「私タチハカンゴフニナリマセウ。」トイヒマシタ。

　カタカタカタカタ、パンポンパンポン、兵タイゴッコ。

　カタカタカタカタ、パンポンパンポン、ボクラハツヨイ。

　カタカタカタカタ、パンポンパンポン、ススメヨススメ。

　以上である。そしてこれだけの文章に何と14枚もの図が添付されている。幼い子どもたちに陸軍兵科の種類を示すとともに国民皆兵思想を吹き込むに十分な内容と言えよう。さらに、児

童たちの意識は、これ以外の文章や習う教科書によっても、急速に軍事化していったのではあるまいか。

水兵の母

　明治27、28年戦役の時であつた。ある日、わが軍艦高千穂(たかちほ)の1水兵が、手紙を讀みながら泣いてゐた。ふと、通りかかつたある大尉がこれを見て、餘りにめめしいふるまひと思つて、「こら、どうした。命が惜しくなつたか。妻子がこひしくなつたか。軍人となつて、軍に出たのを男子の面目とも思はず、そのありさまは何事だ。兵士の恥は艦の恥、艦の恥は帝國の恥だぞ。」と、ことばするどくしかつた。

　水兵は驚いて立ちあがりしばらく大尉の顔を見つめてゐたが、「それは餘りなおことばです。私には、妻も子もありません。私も、日本男子です。何で命を惜しみませう。どうぞ、これをごらんください。」といつて、その手紙を差し出した。

　大尉がそれを取つて見ると、次のやうなことが書いてあつた。「聞けば、そなたは豊島沖(ほうとう)の海戦にも出でず、8月10日の威海衛(いかいゑい)攻撃とやらにも、かくべつの働きなかりし由、母はいかにも残念に思ひ候。何のために軍には出で候ぞ。一命を捨てて、君の御恩に報ゆるためには候はずや。村の方々は、朝に夕に、いろいろとやさしくお世話なしくだされ、1人の子が、御國のため軍に出でしことなれば、定めて不自由なることもあらん。何にてもゑんりよなくいへと、しんせつに仰せくだされ候。母は、その方々の顔を見るご

とに、そなたのふがひなきことが思い出されて、この胸は張りさくるばかりにて候。八幡様に日参致し候も、そなたが、あつぱれなるてがらを立て候やうとの心願に候。母も人間なれば、わが子にくしとはつゆ思ひ申さず。いかばかりの思ひにて、この手紙をしたためしか、よくよくお察しくだされたく候。」

　大尉は、これを讀んで思はず涙を落とし、水兵の手をにぎつて「わたしが悪かつた。おかあさんの心は、感心のほかはない。おまへの残念がるのも、もつともだ。しかし、今の戦争は昔と違つて、１人で進んで功を立てるやうなことはできない。将校も兵士も、皆一つになつて働かなければならない。すべて上官の命令を守つて、自分の職務に精を出すのが第一だ。おかあさんは、一命を捨てて君恩に報いよといつてゐられるが、まだその折に出あはないのだ。豊島沖の海戦に出なかつたことは、艦中一同残念に思つてゐる。しかし、これも仕方がない。そのうちに、はなばなしい戦争もあるだらう。その時には、おたがひにめざましい働きをして、わが高千穂艦の名をあげよう。このわけをよくおかあさんにいつてあげて、安心なさるやうにするがよい。」といひ聞かせた。

　水兵は、頭をさげて聞いてゐたが、やがて手をあげて敬禮し、につこりと笑つて立ち去つた。

以上である（『初等科國語』6　1943年８月翻刻発行。ほるぷ出版復刻版）。

文中には黒煙を吐く1隻の軍艦と、当初、上官に誤解された水兵が悔し泣きしている図各1枚が挿入されている[3]。

このような文章に接しているうちに判断力の未熟な子どもたちは、無意識のうちに、全員がそれに引きずり込まれ、天皇陛下や国家のために捨てる命は惜しくない、それが皇国民だ、皇(すめら)御国(みくに)の民だ、自分を優しく育ててくれた母親もきっとそれを望んでいるに違いない、と思うようになったのではあるまいか[4]。まったく恐ろしいことである。

そして『初等科國語』2（1942年7月発行）、4（同年8月発行）、6（1943年8月発行）、8（同年8月発行）の奥付には、「本巻挿入ノ寫眞ハ昭和〇年〇月陸軍省・海軍省ト協議濟」とあり、また、5（1943年2月発行）と7（同年1月発行）には「本巻挿入ノ寫眞・地圖ハ昭和17年12月陸軍省・海軍省ト協議濟」とある。これらにより、1942年7月以降、すなわち、第二次世界大戦中の国民学校初等科用教科書は、すべて文部省一存の発行ではなく、陸・海軍両省と緊密に協議して、というよりは、両省の監督下で発行されたものと言えよう。

この点について、高橋　昇は、その著『教科書の歴史』（広島図書 1952年6月）に、

　　1941年にはわが国には国民学校制度が実施せられるようになり、その内容に於て、まったく国家の最高政策に同調したものとなった。軍人が教科書編さんにあたり、自由主義的思想の片鱗も介入することを許さなかった。1941年3月1日を以て国民学校令が発令せられ、同年12月8日に、いわゆる大

東亜戦争に突入したのである。従来も他の官庁よりの役人と共に教育総監部からも文部省に嘱託として教育行政面に関与する習慣があったのであるが、1942年にいたって、教育総監部の現役軍人3名が教科書編集に種々の要求を出すことが強くなってきた。文部省と嘱託の交換の形において行われていたものであるが、やがては強力な発言をなすに至ったことは自然の成行きであった。飛行機に関する挿絵の適否は言うに及ばず、音楽方面の音感教育の如き純軍事的要請からの発言が、国民の教育に影響を与えた結果になったのである。徹頭徹尾、軍国主義、侵略主義の教材をもってその内容としなければならなくなったのである。

と記し、教科書作成には、強力な軍部の干渉があったことを示している（137～138頁）。

　修身もまた、児童精神の軍事化に果たす役割が大きかった。小学館『国語大辞典』に修身は、

　　旧学制下の小学校・国民学校などで、道徳教育を行なうために設けられていた教科名。教育勅語をよりどころとしていた。

とあり、また山川出版社『日本史広辞典』は修身科についてであるが、

　　第二次大戦敗戦以前の初等・中等教育における教科。道徳教育をにない、日本人の精神形成に重大な影響を与えた。1872年（明治5）の学制での位置づけは低かったが、80年

の改正教育令で修身は筆頭教科となった。90年の教育勅語発布後は忠孝や忠君愛国による臣民形成の趣旨に則ることとされた。

と説明している。

　小学校用修身教科書の中から軍事との関連濃厚と見られる題名を選び出して示すと、1903年10月発行『尋常小學修身書』第2学年児童用には「ユーキ」、同年11月発行・第3学年児童用には「ちゅーぎ」「ゆーき」、第4学年児童用には「大日本帝國」「ちゅーくん」「ゆーき」「へいえき」、1913年1月発行『高等小學修身書』巻1には「大日本帝國」「忠君愛國」「勇氣」、同年11月発行・巻2には「忠」「義勇奉公」「皇運扶翼」「忠孝一致」、同年10月発行・第3学年用には「忠孝」「愛國」、1918年2月発行『尋常小學修身書』巻1には「チユウギ」、翌年2月発行・巻2にも「チユウギ」、同年10月発行・巻3には、「ちゆうくんあいこく」「ゆうき」、1920年12月発行・巻4には「靖國神社」「皇室を尊べ」「國旗」、翌年11月発行・巻5には「忠義」「擧國一致」「勇氣」、1923年1月発行・巻6には「忠君愛國」「忠孝」、1936年11月発行・巻1には「チュウギ」、1935年11月発行・巻2にも「チュウギ」、39年1月発行・巻3には「ゆうき」「忠君愛國」、1937年2月発行・巻4には「靖國神社」「皇室を尊べ」、1939年12月発行・巻5には「擧國一致」「勇氣」「忠君愛國」、翌年2月発行・巻6には「忠」「國民の務」「國交」「勇氣」等がある。

　紙面の関係上、これらすべての紹介は不可能である。このため、『尋常小學修身書』に掲載されている「キグチコヘイ」に関

する文章のみを取り上げると、1903年10月発行の第2学年児童用には「ユーキ」との見出しで、

> キグチコヘイガ、テキノチカクデ、スコシモオソレズ、三ドマデ、イサマシク、シングンノラッパヲフキマシタ。ソノタメ、ワガグンハ、ススンデ、テキヲウチヤブルコトガデキマシタガ、コヘイハ、タマニアタッテ、タフレマシタ。アトデミタラ、コヘイハ、ラッパヲクチニアテタママデ、シンデキマシタ。

と書かれている。

次に、1918年2月発行の巻1は、見出しが「チユウギ」に変わり、

> キグチコヘイハテキノタマニアタリマシタガ、シンデモラッパヲクチカラハナシマセンデシタ。

と著しく簡略化されている。

なお、1936年11月発行の巻1には同じ見出しで、

> キグチコヘイハ、イサマシクイクサニデマシタ。テキノタマニアタリマシタガ、シンデモ、ラッパヲクチカラハナシマセンデシタ。

と書かれている。これら3文章のうち、1936年4月入学の私たちが習ったのは1918年2月発行と同じものだっただろうか。この点はともかく、あっぱれ戦陣の華と散ることこそ軍人の鑑(かがみ)と幼い児童たちに教えているように思われる。何と恐ろしいことか。

第2章　小・中学校時代の軍事体験　29

　そして修身の教科書が拠り所としていたと言われる「教育ニ關スル勅語」、すなわち、「教育勅語」[5]は『高等小學修身書』巻1（1913年1月）、巻2（同年11月）、第3学年用（同年10月）、『尋常小學修身書』巻4（1920年12月）、巻5（1921年11月）、巻6（1923年1月）、同名書・巻4（1937年2月）、巻5（1939年12月）、巻6（1940年2月）等の目次の次に見開きの形で掲載されている。そして第4学年児童用『尋常小學修身書』（1903年11月）では奥付の前に掲載されている。

　したがって、明治30年代後半以降、少なくとも4年生以上の児童は、修身の時間に、例外なく全員が、教育勅語の謄本を目にしたことになる。また暗誦もさせられた。そして紀元節（2月11日）、天長節（4月29日）、明治節（11月3日）および元旦（「四方拝」と呼んでいた）には、全員が講堂に集合し、きちんと整列して、奉安殿[6]から移された御真影の斜め少し前に立ち、児童に向かい、直立不動の姿勢で行う校長の教育勅語奉読を、頭を垂れ、鼻水を啜る（私の幼年期には鼻水を垂らした子が多かった）ことも憚られるほど静粛に拝聴した。純白の手袋をはめ、モーニングコートを着用して威厳ありげに低音で勅語の謄本を朗読する校長の姿は今もありありと瞼に浮かんでくる。

　なお音楽が児童精神の軍事化に果たす役割も大きかった。もしかすると、その程度は国語あるいは修身以上だったかもしれない。児童は特定の音楽にとりわけ強い関心をもち、登下校時のみならず、たえず口ずさんでいたからである。

　音楽用教科書から軍事色濃厚な題名を拾いだして示すと、1911年5月発行の『尋常小學唱歌』の第4学年用には「廣瀬中

佐」、第5学年用には「入營を送る」「水師營の會見」、第6学年用には「我は海の子」「出征兵士」「日本海海戰」、1932年3月発行の『新訂尋常小學唱歌』の第1学年用には「兵隊さん」、第4学年用には「廣瀬中佐」「橘中佐」、第5学年用には「入營を送る」、第6学年用には「日本海海戰」「我は海の子」「出征兵士」、1941年2月発行の『ウタノ本』（上）には「兵タイゴッコ」、3月発行の『ウタノ本』（下）には「軍かん」「おもちゃの戦車」「兵たいさん」「軍犬利根」、1942年2月発行の『初等科音楽』(1)には「潜水艦」「軍旗」、『初等科音楽』(2) には「入營」「廣瀬中佐」「少年戦車兵」「無言のがいせん」、『初等科音楽』(3) には「忠霊塔」「戦友」「大東亞」「橘中佐」「特別攻撃隊」「白衣の勤め」、『初等科音楽』(4) には「日本海海戰」「われは海の子」「落下傘部隊」等があり、いずれもたいへん懐かしく、今でも口ずさんでいるものがある。

　以上において見てきた国語、修身および音楽の教科書（軍事に関する文言あるいは文章は、これら3教科には限らない）等により、児童の意識は急速に軍事化するとともにその色彩を濃厚にしていったと言えよう。

(2) 小学校時代の軍事体験

　私の出生（1929年8月）以降、わが国が直接的に関与した事変あるいは戦争には満州事変、支那事変[7]および大東亜戦争（戦後は太平洋戦争と呼称）の3つがある。ただし、これらのうち、満州事変は、あまりにも幼少だったため、まったく記憶がない。

したがって、本書は支那事変以降についてのみ記述する。同事変の勃発を学校で知らされたのは、小学校2年生の時、すなわち、1937年7月8日の朝、校庭の東よりにあった2本の大きな栴檀(せんだん)(私たちは「大せんだ」と呼んでいた)の木の下だったように思う。その日陰に整列した全児童に対して、朝礼の時、大林信正校長から説明があった。しかし、それが「日本は、昨日、支那と戦争を始めた」だったか、それとも「昨日、日支間に事変が起きた」だったかはまったく記憶がない。そもそも知的水準の低い私に、戦争や事変、両者の違いなど理解できるはずがない。それよりか、校長の話は馬耳東風で、もしかすると、目前にせまった楽しい夏休みのことを、あれこれ空想していたのかもしれない。

しかし、それ以降は、村内の若者が次々と徴兵され、出征していく様子に接し、ことの重大さを徐々に認識するようになった。ムラ内の一寸した広場(例えば、神社の境内)に集合した人々の真ん中に立つのは、言うまでもなく、数日前まで農作業に従事していた若者である。その彼が、今日は、出征兵士として見送られ、ムラを去っていくのだ。

その場にいたのは村長をはじめ、在郷軍人[8]、消防・警防団員、主婦、それに子どもたちであった(小学校長がいたか否かは記憶がない)。それぞれの服装を示せば、老年の村長は羽織・袴の和服姿、在郷軍人は軍帽・軍服・牛皮製長靴(ちょうか)を着用し、腰には長いサーベルをつるしていた。消防・警防団員は革靴だったか地下足袋だったかは明確でないが、ゲートルを巻いていたことは確かである。そして主婦たちは、全員が純白のエプロンに「大日本國

防婦人會」あるいは「大日本婦人會」と書かれたたすきをかけ、児童・生徒たちは全員が学校の制服と制帽だった。

村長や在郷軍人から「勇敢に戦い、敵を征伐し、無事帰還するように」と励まされ、また婦人会長からは「元気でのお帰りをお待ち申しております」との優しい言葉をもらった若者は「皆さんの期待にそうよう頑張り、無事帰ってきます」と返礼の挨拶をした。そして20歳前後の彼は、参加者全員が声高に歌う日本陸軍の歌、すなわち、「天に代わりて不義を討つ、忠勇無双のわが兵は、歓呼の声に送られて、今ぞ出で立つ父母の国……」などに送られて、表向きは勇ましくムラを去っていった。

当人にとっては、これが今生の暇乞いになるかもしれず、いったいどんな心境だったのか。言葉では到底表現不可能なほど辛かったのであるまいか。にもかかわらず、涙を流すことは断じて許されなかった。男子の風上にも置けぬ女々しい奴と非難されるからである。また、母親は断腸の思いでわが子を見送っていたに違いない。

同様の集まりは、出征兵士が無事帰還した時あるいは白い箱に納められ、在郷軍人（だったと思う）の胸に抱かれて帰還した時にも見られた。遺骨（実際は遺髪や爪だったと聞いているが、絶対許せない場合もあったようで、例えば、和歌山県の上山美智子［65歳］は、2006年1月10日付『朝日新聞』［名古屋版］朝刊の「声」欄で、「ミンダナオ島で戦死し、送られてきた箱には父の遺骨はなく、木の札だけが入っていた。」と言っている）を迎える人々は「名誉の戦死」と軍功をたたえていたが、遺族らは全員が、悲嘆の奈落に沈んでいたに違いあるまい。に

もかかわらず、それを顔面に表すことはできなかった。

　この点について、長野県元上田市立高女生だった金子くに子は、「着られなかった憧れの制服」と題する文章の中で、

　　ある日、新婚間もなく出征した近所の1人息子さんの戦死の報がもたらされました。ご両親と若いお嫁さんのなげき悲しむ姿は、私の胸をしめつけました。それ以上に陰でささやく大人たちの言葉に強いショックを受けました。「お国のために名誉の戦死をした人の家族が人前であんなに取り乱してみっともない」というのです。「お国のためっていったいどんなこと」と思いました。そして不安になりました。家でも兄が南方へ行ったまま、しばらく消息がありません。「もし兄にもあの人のようなことが起こったら」と思うと、いたたまれない気持ちになりました。

と言っている（『女学生の太平洋戦争』132頁）。

　数日前まで田畑の耕起・整地や荷車の牽引等に酷使されていた農耕馬や輓馬も多数徴用され、戦地へ送られていった[9]。ただし、幼・少年期を過ごした中・四国地方は牛耕地帯のため、農耕馬徴用の話はあまり聞かなかった。時たまその噂を耳にする程度だった。

　私が生まれ育った村の南端を山陽本線が東西に走り、支那事変勃発後間もなく、真新しい軍服に身を固めた兵士たちが、蒸気機関車牽引の軍用列車で、西下していく様子を何度も見た。当時、まだ子どもだった私たちは、ただ「兵隊さん万歳」と叫び、日の丸の小旗を力いっぱい振るだけだった。しかし、兵士

たちの多くは涙をこらえて私たちの見送りに応えていたのかもしれない。愛する家族のもとや懐かしい故郷に、生きて二度とは帰れない場合もあるとすれば、それは当然であろう。軍馬も同様に西下して行く様子を何度か見た記憶がある。

　兵士の遺骨を迎えるようになって、不憫(ふびん)に思われだしたのは、戦地へ渡る軍馬の行く末である。軍馬あるいはその遺骨が帰還したという話はついぞ聞かなかった。弾丸が当たり、あるいは地雷に触れ、もんどり打って倒れ、死んでいく馬匹の巨体はそのまま放置されるのかと思うと、たまらなく可哀相になってきた。しかし、この点は、その後、読んだ火野葦平の従軍日誌「麦と兵隊」により、若干救われる気がしている。以下に同書の関係部分を筑摩書房・現代文学体系45『尾崎士郎・火野葦平集』（1967年9月242頁）より引用して示しておこう。

> 　私達の江南戦線では斃(たお)れた軍馬は無数であった。縞(しま)のついた肋骨を見せ路傍に倒れて死んでいた馬や、半分泥濘の中に軀(からだ)を埋め、部隊の通り去るのをじっと見送っていた馬や、役に立たなくなり放馬された傷だらけの軍馬がしょんぼりと黄昏(たそがれ)の中で草を食(は)んで居た姿などを、私は忘れることが出来ない。私はそれらの痛ましい軍馬を見るたびに、敬礼しないでは通れなかった。兵隊の戦死者の墓と共に軍馬の碑も到るところに作られた。杭州を出る時に病馬廠の中に慰弔の歌を刻みつけた立派な碑が建てられた事を聞き、非常に喜ばしい事であると思った。

しかし、慰霊碑建立により無惨な最期を遂げた軍馬が救われ

るわけではない。中国大陸に慰霊碑は残存すると思うが、いつまでもその冥福を祈ってやりたい（いかに寛大な中国人でも、本土を蹂躙した旧敵国軍兵士や軍馬の慰霊碑を、そのまま保存しているとは思えないが、実際はどうなのか）。ちなみに同名の軍歌「麦と兵隊」は、歌手が東海林太郎のせいか、すごく哀調をおびていた。また、幼・少年期、「愛馬進軍歌」をよく耳にしたり、口ずさみもしたが、軍人のエゴイズム丸出しの歌のように思われ、無性に悲しくなることがあった。

　私が家畜にこれほどまでも執着するのは、少年時代、わが家には、年中、1頭の耕作用黒毛和牛がいて、3～4年で買い換えても、その全部が家族の一員となっていたからである。中にはたいへん懐き、牛舎で「回れ」と命令すれば、その中を何回でもぐるぐる回る牛がいた。そのせいか、私は卒業論文では『岡山県の酪農経営』、修士論文では『富山県の借馬慣行』、すなわち、両論文とも家畜に関する事柄を対象にした。

　二毛作地帯の郷里では稲の収穫は終わったが、麦類の播種はまだという11月下旬頃だったか、その田園で岡山第10連隊歩兵部隊（姫路第10師団の傘下にあった）の野外演習が行われ、わが家にも3～4人の若い兵士が泊まったことがある。1人が一等兵、他は全員二等兵で、私はまだ小学校低学年の頃だったと思う。彼らは幼い、そしてはにかみやの私にたいへんやさしくしてくれ、内容は忘れたが、あれこれ話しかけ、背嚢にある野戦用缶詰を取り出してくれたこともあった。そして、私の家族は、いつもの通り、夜は畳の上に寝たが、兵士たちは土間にむしろ（稲籾や麦類、大豆等の乾燥用にどの農家も耕作規模に比

例する枚数を必ず保持していた）を敷き、その上に持参した軍用毛布を広げて寝ていた。

　野外演習が終わり、兵士全員が小学校の校庭に集合した時のこと、整列している兵士にどんな過失があったかは、未だに知るよしもないが、その足を軍靴で蹴り、顔を殴打する光景を見て、あの中に、昨晩、わが家に泊まった兵隊さんがいなければよいが、と思った記憶がある。古参兵（特に一等兵）が新兵（二等兵）にきつく当たっていたのだ。

　中学生になって知ったことだが、何度も殴打され、足蹴にされることによって、眼前の敵兵を銃殺する、あるいは斬首するほどの気迫が身につくとのこと。なんと残忍なことか。この実態を、1例であるが、火野葦平は前記『麦と兵隊』の5月22日の欄に、

　　　後に廻った1人の曹長（下士官の最高の階級……引用者注）が軍刀を抜いた。掛け声と共に打ち降すと、首は毬（まり）のように飛ぶ、血が簓（ささら）のように噴き出して、次々に3人の支那兵は死んだ。私は眼を反（そら）した。私は悪魔になってはいなかった。

と記している（260頁）。あまりにも残酷であり、断じて許される行為ではない。なお、余談であるが、戦地において女性に対して行った暴行の数々を元下級兵士から聞いたことがある。これも人間として絶対に許せる行為ではない。

　次も聞いた話であるが、又銃（さじゅう）[10]状態の銃を倒した時など即座には立ち上がれないほど、足蹴にされ、殴打されたようであ

る。銃にはすべて菊の御紋がついており、それを倒したのは、恐れ多くも大元帥陛下に対して畏敬の念を失したことになるから、と教えられたことがある。

　私は古参兵の新兵いびりを、工兵隊についても見ている。中学１年生か２年生の下校時のことである。晩秋か初冬のころ、旭川の急流箇所で、１～２名の古参兵が乗った鉄舟を、数名の新兵が大腿部までも水につかり上流に押し上げていた。感覚を失うほど水は冷たかったように思う。兵舎に帰り、艇庫に舟を片付け、衣類を着替えるまでの辛さは到底筆舌には尽くせないほどだったのではあるまいか。

　ところで、小学校（国民学校）高学年のおり、男女とも、出征兵士宅あるいは"誉れの家"（遺族宅）へ勤労奉仕に行った記憶がある。田植えや稲刈り、あるいは麦刈りなどが主だったが、皆、幼少で不器用なため、能率はあまり上がらなかった。それでもたいへん感謝されたように記憶している。農具は先方のものを借りたが、鎌は自宅から持参する者があった。私も持って行った記憶がある。

　さらに、慰問袋の中に各自が書いた作文や手紙、描いた図画等を入れて、何度か戦地へ送った。

　また、特に女児は千人針[11]の作成にも協力していた。それにぬいつけられた銅貨に銃弾が当たり、一命を取り留めたという話を聞いたことがあるが、その確率は限りなくゼロに近かったのではあるまいか。

　もちろん、小学校あるいは国民学校の児童に軍隊へ行く者はなかった。しかし、青年学校生には満蒙開拓青少年義勇軍[12]を

志願してムラを去る者が、ごく少数ではあるがあった。酷寒の荒野で、厳しい開拓作業に従事したり、銃を持ち守備にあたることもあったようである。その後、わずか数年で敗戦になるが、戦後は多数の犠牲者が出た。この点について、2004年8月12日付『中日新聞』朝刊は「中日春秋」欄で「27万人に上ったという開拓団の最後はむごい。……軍部から『棄民』とされた開拓民は他の居留邦人ともども多数の犠牲を出し、残留孤児の悲劇も起きた」と言っている。開拓団に参加した隣ムラの少年は、戦後、いったいどうなったのだろうか。

そして1941（昭和16）年12月8日には「帝国陸海軍は、本8日未明、西太平洋上にて米英軍と戦闘状態に入れり」との大本営[13]発表を聞くことになった（もちろん、ラジオによってで、テレビはまだなかった）。いわゆる大東亜戦争への突入である。この時、私は国民学校の6年生だった。その日は1日中、軍艦マーチが威勢よく流されていたように思う。

なお、支那事変勃発以降か大東亜戦争勃発以降かは定かでないが、興亜奉公日[14]か大詔奉戴日[15]には小学校の全児童が、2列縦隊で村社の素戔嗚神社（通称祇園様。私が生まれ育ったムラに鎮座）へ参詣するようになった。また、小学校時代の同僚によると、学年ごとに村内の他社へも参詣し、6年生の時は、現岡山市津高町の陸軍墓地へ行軍[16]と称して参詣した。また何年生の時か、定かでないが、岡山市奥市の護国神社へ参詣したこともあるように思う。

さらに、誰かが煽動したのか、それともいつとはなく全国に瀰漫（びまん）したのかは不明であるが、日常、子どもたちはアメリカ人

や中国人、あるいはその指導者たちを、具体的に示すことが憚られるほど、口汚くののしっていた。もしこれに対して意見でもすれば、即座に「お前は敵国の味方か。非国民」と罵倒されるのは必定だった。戦争が熾烈化し、かつ敗色が濃厚化すると、人々はその品性までも失うのである。

　また、小学校3・4年生の頃、兵士たちの野外演習をまねて、稲を収穫したあとの水田で、木や竹の棒を銃や剣に見立てて、よく戦争ごっこをした。そして家路につく頃は、いつしかあたりは薄暗くなるとともに、近くの森では梟が鳴きだし、また遊びの最中にただ1回であるが、人魂（火の玉）を見た記憶がある。したがって、夕闇迫る頃までも、戦争ごっこに夢中になっていたことは確かで、このような遊びを通しても、私たちの軍人志向は強まっていったのだ。そして生家では、「長いものには巻かれろ」「お上には決して楯突くな」と何度か言われた。ただし、その理由について納得の行く説明はなかった。

(3) 中学校受験とその後

①入学試験に関しての思い出

　1987（昭和62）年、母校の『関西学園百年史』発行に当たり寄稿した「入学試験に関する思い出」は、軍事との関連稀薄ではあるが、まったく無関係でもない。そこで、原文のままをここに示すこととする（482〜484頁）。

　　第二次世界大戦勃発の翌年、私は第一志望の岡山県立某中学校の入学試験に失敗して、第二志望の私立・関西中学

校に入学した。しかし、私はこの事実を少しも恥とはせずむしろ誇りにさえ思っている。その理由は次の2点にある。

　まず第1点は入試問題に関してである。某県立中学校の場合は受験生2人ずつを教師の面前に呼び出し、対話させて能弁者を入学許可するという方式であった。このほかには、小学校卒業時の担任教師の氏名に関する問題が出た。このような入試方法および内容に対して、わが母校・関西中学校の入試問題は実に素晴らしかった。未だに忘れえない。否、一生忘れることはあるまい。もちろん、資源不足の戦時中のこととて、試験はいわゆるペーパーテストではなく、すべて口頭試問であった[17]。この点は当時の中等学校全部に共通していたようである。

　母校の入試問題の1は「岡山から東京までの汽車賃は7円50銭で、子供はその2割引きです。幾らになるでしょう。暗算で解答しなさい。」というのであり、その2は「ここに醬油樽があります。これから醬油を出すにはどうしたらよいでしょうか。」というのであった。机上に示されたのは画用紙に描かれた新品の1斗樽であった。その3は幾種類かの掃除用具が床に並べられていて、「この全部を使用して室内を掃除するにはどの順序に使うとよいでしょうか。」というのであった。数学、理科および家庭に関する問題が各1問出されたことになる。なおこのほか、国語に関しても出題されたように思うが、その内容については、残念ながら、記憶がない。

　戦争は日々熾烈の度を加え、わが国はまさに軍国主義一

色に塗り潰され、学校教育さえも軽視される傾向にあった当時、わが母校は『学問の場』としての姿勢を崩さず、これを堅持し、入試においても、否、入試だからこそ受験生に明示するとともに入学に際しての心構えを各自に求めていたと判断される。とすれば、その精神たるや、まことに立派、と言わざるをえない。

　次は入学試験日に試問場近くの控室で不本意にも惹起した椿事に関してである。当日の私の服装はもちろん、言動のすべてが紛れもなく、田舎者丸出しだったようである。まさにこのせいで、同じ受験生の某君から、"田舎っぺ""田舎っぺ"と揶揄されることになった。今にして思えば、彼もまた年端の行かぬ少年であるゆえ、何を言われても仕方ない私だったと思うのだが、悔しさの余り、全く咄嗟に彼を突き飛ばしてしまった。当時、30kgにも満たない体重であったが、渾身の力に彼はよろめき、運悪く入口の扉にもたれかかった。このため、木製のそれは大きく『く』の字に曲がり、開閉不可能となった。監督者不在のまさに一瞬の出来事で、室内全員が総立ちとなり、嘲笑の視線を私に注いだことは言うまでもない。田舎育ちで小心者の私がどんなに恥ずかしい思いをしたことか。それと同時に関西中学校も不合格になるとの不安感が脳裏を去来し、無性に悲しくなった。

　事もあろうに、学校においては特に重視される入学試験の場で仕出かした不始末だけに不合格は確実と観念していた。しかし、それは杞憂に終わった。もしかすると、その

扉は外部からの僅かの圧力で容易に屈曲するほど老朽化していたのかも知れない。あるいは戦時中のこととて、軽蔑されれば、即座に報復するくらいの気概ある少年が有望視されたのかもしれない。学科の成績とこの気骨を評価して入学が許可されたのか、あるいは喧嘩は許しがたきも不問に付されたのか、それは未だに知るよしもない。いずれにせよ、この事件に関して母校が示した度量の大きさを私は高く評価したい。無論、入学を許可されたことによるお世辞ではない。決してそうではない。

　入学後は同僚たちと勉強に関して日々切磋琢磨するとともに体操、武道、軍事教練、作業等に寒暑の辛苦を厭うことなく、全力を尽くした。なおこのほか、北木島に合宿しての水泳訓練、柔・剣道の寒稽古、秋季運動会、兵器補給廠への動員、小豆島への修学旅行等、いずれも少年時代の懐かしい思い出の一こまとして、濃淡の差はあれ、蘇ってくる。

②入学後の諸体験

　関西中学校に入学したのは1942（昭和17）年4月。すなわち、大東亜戦争勃発から3か月少々が経過してからである。入学後、体験した事柄のうち、最も強く印象に残り、いつまでも忘れえないのは、服装と授業科目に関してである。

　まず服装であるが、上級生はすでに全員が戦闘帽をかぶり、ズボンにゲートルを巻いていた。前掲『百年史』によると、1941（昭和16）年から「帽子も戦闘帽にかわり、カーキ色一色

の感すらうける」ようになっていた（175頁）。

　入学時の記念写真を見ると、私と同じクラスの57人全員が坊主頭に戦闘帽をかぶり、少なくとも最前列の折敷(おりしき)[18]をしている12人（何故か折敷をしていない者もいる）は、全員が、下級兵士同様、ゲートルを巻いている。この点は12人に限らず、クラス全員が同様だった。なお、写真がモノクロームのため、断定困難であるが、全員が国防色の制服だったと見てよかろう。ただし、色に濃淡の差はある。

　前から2列目中央部の担任・中岡太郎は、国民服[19]に戦闘帽ではなく背広姿である。したがって、1942（昭和17）年4月頃はまだ衣服についてさほど厳しい統制はなかったものと見られる。

　なお、決して忘れえないのは、皮製の編上靴(へんじょうか)に関してである。少くとも戦時中、中学校では、登下校時、それを履くことが義務づけられていた。しかし、当時、すでに牛皮製の靴は入手不可能だった。このため、毎日、鮫皮製のしわだらけの靴で

中学校入学時のクラス写真

通学した。しかし、少しも恥ずかしいとは思わなかった。生徒のほとんどが豚皮か鮫皮製のものだったし、また「欲しがりません勝つまでは」とのスローガンが骨の髄までしみ込んでいたからである。

次は授業科目に関してであるが、この場合、決して看過できないのは、「学科以上の重要教科になった」（毎日新聞社『名古屋大空襲』1971年9月163頁）とすら言われる軍事教練である。

母校の場合、前掲『百年史』（162頁）付表の見出しには「当時の教育課程」としか記してなく、また説明を欠くため、年次の特定は困難であるが、1931（昭和6）年の『中学校令施行規則』改正時のものと見て誤りない科目一覧に、各学年とも週2時間ずつの軍事教練が記されている。しかし、1943（昭和18）年の学制改革では週3時間に増加する（『愛知県教育史』第4巻1975年9月470～471頁）。したがって、私たちの場合、1年生の時は週2時間であるが、2年生と3年生1学期（勤労動員出動前）は3時間だったかもしれない。ところが、『金光学園百年のあゆみ』（1994年11月）は「教練の授業は2時間続きで週3回、合計6時間がこれに当てられていた」と言っている（54頁）。とすると、私たちの場合、1年生の時は少なかったが、2年生か3年生になって急増したかもしれない。しかし、週6時間は、いくら戦時中とはいえ、例外中の例外だったのではあるまいか。

軍事教練は、山川出版社『日本史広辞典』によると、

　　男子の中等教育以上の教育機関において、1925（大正14）

年から1945（昭和20）年の敗戦まで実施された正課の軍事教育。第一次大戦後の軍縮動向のなかで25年に陸軍は4個師団（上記『日本史広辞典』は師団を「陸軍の常備兵団としての最大単位の部隊で……平時には人員約1万人、戦時には約2万5千人の規模」と説明している）廃止と同時に陸軍現役将校学校配属令を公布し、軍事教練を始めた。……39年には大学でも必修となった。軍縮で余剰になった将校の温存、学生の思想対策、軍国主義基盤の拡大を意図したものであった。

これらによっても、学校教育に対する軍部の干渉はありありと看取できる。そして同「辞典」は触れていないが、高等女学校にも軍事教練は導入されていた[20]。

私が入学した頃、母校には大佐、少佐および中尉の3将校がいた。これらの1人・内山正一大佐を終戦の日までずっと配属将校と思っていたが、そうではなく、前掲『百年史』によると、彼は「教練担当の退役将校」だったのである（172頁）。

配属将校の中等学校での地位と権限に関してであるが、『享栄学園70年史』（1983年10月。高等学校の所在地は名古屋市）は、「配属将校は現役で当初から陸軍大臣の直轄であり、学校長の指揮命令外にあって全く他の職員とは別格であった。しかも学校の職員である教練教師に対して、思うままに発言をし指導もしていた」と言っている（160頁）。

また、かつて滋賀県立彦根中学校教諭だった渡辺康彦は、「学内で発言強める配属将校」と題する文章の中で、同校の場合につ

いて、

> 後に配属将校は1年志願出身の尉官1名になったが、戦況の苛烈化とともに、学校教育の中で次第に強力な発言力を持つようになり、職員会議の席上、校長以下全職員が発言を封じられたこともたびたびあった。定期試験の時生徒がカンニングをしていて、配属将校に見つけられたことがあった。当時の規則でカンニングは、1週間の停学処分になっていた（母校の場合も同様だったように思う……引用者注）。だが何か感情を害していたのか、その将校は生徒に退学処分を命じたのである。担任の先生は「私に預らしてください。私の家庭でひきとって必ず更生させますから」と嘆願したが許されず、結局、生徒は転校させられてしまった。

と言っている（創価学会青年部反戦出版委員会　戦争を知らない世代へⅡ⑥滋賀編『学舎は戦争の彼方へ──戦時下教育の記録』第三文明社　1982年8月10頁）。これらにより、配属将校は派遣先の中等学校では最高の地位にあり、しかも極めて大きな権限をもっていたことが知られる。

次は、軍事教練に関する懐かしい思い出等数点を挙げてみよう。その1つは、入学後、間もない時のことである。私のクラス全員が運動場で2列横隊となり「休め」の姿勢をとっているおり、突然、「気をつけ」の号令がかかった。その時、私はまったく無意識にであるが、手を上げて頭をかいた。すると、後列の最後尾にいたにもかかわらず、それが教練担当中尉の目にとまった。もちろん、見逃されるはずはなく、すぐさま、彼は私

に対し「今、手を上げた貴様、ここまでこい」と命じた。恐る恐る彼の前に走っていくと、１ｍほどの青竹で一発頭を叩かれた。当時、私は30kgにも満たない小身だったが、戦闘帽をかぶり、カーキ色の制服にゲートルを着用した姿で中尉の前にちょこちょこ走っていった光景が今もありありと蘇ってくる。

次に思い出すのは、著しく小身だった私は、多くの同僚とは異なり、38式歩兵銃[21]ではなく、小型の模擬銃を持って行進や匍匐(ほふく)訓練をしていた点である。同じクラスでは、私以外に２、３人が、教練の時、同様の銃を持たされていたように思う。これに対し、同じ学年のトップだった中隊長はサーベルを腰につるしていた。ただし、これらが２年生になってからか、３年生に進級してからかは、必ずしも明確ではない。

そして教練では「軍人の精神教育の基本とされた」(前掲『国語大辞典』)『軍人勅諭』[22]を暗唱させられた。また「戦場で軍人の守るべき道徳、行動の基準を示した」(前掲『日本史広辞典』)『戦陣訓』[23]についても説明があったように思う。

また動員前のことであるが、年に１度、軍部が派遣する佐官級将校の査閲があり、ある年は「良好」、またある年は「概ね良好」と評価されたように記憶している。ただし、これは学年別・クラス別ではなく、学校全体に対する評価であった。

なお、これは軍事教練そのものではないが、校門には毎朝、登校時、５年生が１人門衛として立っていた。１年生のある日のこと、少々陰険な生徒としか言いようがないが、彼が御影石製の大きな門柱のかげにかくれて立っていた。このため、彼に気づかず、自転車ですっと校門をくぐった途端、「止まれ」の声

がかかった。しまったと思ったが、もう遅く、平身低頭、謝ったが容易には許されず、「1年生の分際で門衛を無視した。けしからん」としばらく油をしぼられた[24]。

そして、これは教練の時間ではなく、体操の時間であり、また別のクラスだったが、指導者は元軍人で伍長の体操教師だった[25]。生徒にどのような過失があったかは定かでないが、履いていたスリッパで、容赦なく彼の顔を殴ったため、頬が切れたと聞いている。しかし、どの程度切れたのか、それは定かでない。このような場合でも、父兄は学校側に対して、一言半句も物申すことはできなかった。それが当時だった。

愛知県立新城高等学校『創立50周年記念誌』に記されている類例を1つ示しておこう。1961（昭和36）年12月10日に校長室で開催された卒業生の座談会において、第12回生・原　俊治（1934年3月卒業）は、

> 教練、教練で明け暮れた時代でした。……教練は徹底していました。1例を申しますと、中隊教練の時でしたが、……教官がサーベルを抜いて金子という生徒を帽子の上から2、3度なぐりつけたんです。頭が切れて血が流れ出たんで、友だちがびっくりして注意しましてね、医者で縫ったんですが、……

と言い、この件に関して、元校長・竹生欽次は、「学校では心配していろいろ手を尽くした。教官は行かないから、わしらが謝罪にも行った。ああいう時代だから父兄も了解していた」と言っている（143〜144頁）。

なお、軍事教練の厳しさについて、前掲『金光学園百年のあゆみ』は、

> 教練の場所は殆どが運動場であったが、……それは酷暑炎天下でも、吹雪・豪雪の中でも実施された。……教練そのものも厳しかったが、服装・銃の管理、規律も大変だった。また軍人勅諭の完全暗記は絶対的なものであった。訓練内容は、集合、歩行、匍匐(ほふく)前進、塹壕(ざんごう)突破、手榴弾投擲(とうてき)、突撃等で、サーベルで突かれ、長靴(ちょうか)で蹴られながらの真剣勝負であった。今の中・高校生活では、とうてい想像もつかないことである。それが戦時下では当然のこととして実施されていたのである。

と記している（54頁）。

そして、終戦間近の軍事教練について、前記・鈴木英男は、

> 太平洋戦争の戦場が沖縄に移り、米軍が本土に上陸することが時間の問題になってくると、……4年生になってからの軍事教練には小銃も軽機関銃もなかった。爆薬を抱いて静かに敵に近づくためのほふく前進の訓練のみが行われた。上陸地点の海岸にたこつぼと称する人間ひとりがやっと入れるだけの穴を掘り、爆薬を持った人間が上陸してくる敵の戦車のキャタピラの下に跳びこむ作戦が立てられていたのである。校庭の隅にも訓練用のたこつぼが幾つか掘られた。

と言っている（『新城高等学校『創立50周年記念誌』193頁）。母

校の場合、いわゆる蛸壺が掘られたか否かは知らない。しかし、何年生の時か定かでないが、爆弾を抱えて、迫りくる戦車の下へ、身を屈めて突入し、そこで自爆するという対戦車肉迫攻撃の話は聞いたことがある。今日、よく耳にする自爆テロの一種である。ただし、それがいつ頃のことだったかはまったく記憶していない。

　次は英語に関してであるが、戦前の授業時数は、『関西学園百年史』掲載の前記「教育課程」一覧表によると、全学年毎週6時間（ただし、第4および第5学年は5ないし6時間）となっている（162頁）。しかし、戦時中は各学年とも4時間以下に減少している。このことは、東京書籍『現代教育史事典』（2001年12月）に、

　　1941年12月8日、対米英宣戦布告により、それまで「敵性国語」であった英語は「敵国語」となり、英語教育はいっそう白眼視される時代となった。……そして毎週教授時数は4-4-(4)-(4)と規定されたが、軍部ばかりでなく、一般社会からも英語に対して圧力がかけられ……

とある（238頁）ことから、ほぼ間違いはあるまい。また、愛知県も1943（昭和18）年4月から新制度を実施し、英語の教授時数を第1および第2学年は4、第3および第4学年は(4)としている（『愛知県教育史』第4巻 471頁）。なお、私と同学年で、金川中学3年生だった小西克己は、岡山戦災を記録する会『岡山戦災の記録』2（1976年8月）に「敵性語とされた英語が週に2時間ありました」と記している（35頁）。私たちの場合も3年生の1

学期（動員出動前）は「英訳」と「英文法」各1時間の計2時間だったかもしれない。この見方に誤りがなければ、戦時中の英語授業時数は戦前の3分の1にされていたことになる。

そして、小学校時代の同僚は、「高等女学校1年生の1学期で英語の授業はなくなった」とアンケート用紙の回答欄に記入している。また、長野県松本第二高女生だった千村鈴子は「黒っぽいものばかりだった」と題する文章の中で、

> 昭和17年に入学をいたしました。……英語、国語、作法、歴史、地理、音楽、美術と楽しい授業がいっぱいでした。しかし、17年後期には早くも英語の授業が廃止され、軍事に備えての訓練がはじまりました。

と言っている（『女学生の太平洋戦争』252頁）。さらに、岡山県立二女で1944（昭和19）年4月に5年生だった畑山昭子は「英語の科目は3年生でなくなった」と言っている（朝日高『教育史資料』第3集48頁）。

なお、岡山県立瀬戸高等学校『創立80年誌』（1988年11月）に掲載されている「昭和18年の高等女学校教育課程」に「英語」の名称は見られず、代わって第1および第2学年には3時間ずつ、第3および第4学年には4時間ずつの「増課教科時数」が示されている（84頁）。もちろん、これを制限一杯利用して英語の授業が行われたとは到底思えない。仮に行われたとしても、教育課程（カリキュラム）からの抹消は、その軽視を端的に物語るものと言えよう。

次は愛知県の場合であるが、英語に関して、学務部長が各高

等女学校長に宛てた1942（昭和17）年7月23日付通牒には、

> 大東亜戦争完遂大東亜共栄圏確立ノ為教学ノ刷新ヲ図リ我ガ国内体制ヲ整備スルハ現下喫緊ノ要事ナリ　惟フニ世界並ニ東亜ニ於ケル英米勢力ノ失墜ト之ニ因ル英語ノ世界語トシテノ価値喪失或ハ英語学習ガ動モスレバ英米尊崇観念、個人主義、自由主義思想ノ温床タリシコト或ハ英語習得ニ払フ生徒ノ労余リニ多ク彼等ヲシテ其ノ負担ノ重キニ堪ヘザラシメ居ルコト等ノ諸事情ニ鑑ミ高等女学校ニ於ケル英語教授時数ハ之ヲ適当ニ減少セザルベカラズ……英語ノ教授時数ハ5年制ニ在リテハ第1学年毎週2時、第2、3、4、5学年毎週1時、4年制ニ在リテハ第1学年毎週2時、第2学年毎週1時ト相成タルモ必修科トスルコトナク随意科トシ……

とある（前記『愛知県教育史』資料編　近代4）。権威筋のまったく独善的な通牒であり、女学校の英語軽視は歴然としている（377頁、378頁）。

　次も愛知県であるが、1943（昭和18）年11月18日に改正された「愛知県中学校学則」によると、外国語科の授業時数は第1学年から第4学年までの全部が4ないし(4)時間となっている。ところが、同時改正の「愛知県高等女学校学則」によると、外国語科は家政科および実業科と合わせて増課教科とされ、これが第1および第2学年は3時間、第3および第4学年は4時間となっている。女性に対する差別は一目瞭然と言わざるをえない（『愛知県教育史』第4巻　471頁、477～478頁）。

高等女学校の英語軽視は戦前から見られた。この事実は前掲『現代教育史事典』にも明記されている。関係部分を引用して示すと、

　　1935年には北海道で高等女学校の英語が随意科となり、福岡県では農学校・高等女学校の第2学年以上について英語を全廃するなど、非常時下、外国語教育の縮減が進みつつあった。

とある（238頁）。そして次は日米開戦以降となるが、

　　高等女学校については43年3月に定められた「高等女学校規程」により、外国語は増課教科のひとつとされたが、実質的には、42年7月に発せられた通牒によって随意科、週3時間以内とすることが既に指示されていた。これは英語の全廃を指示したものではないが、多くの学校で英語が廃止されたことは学校史や個人の回想に見られるとおりである。

とある（239頁）。

　なお、国民科「修身」（国民科には修身以外に国語、歴史、地理が含まれていた）の授業内容を、前掲愛知県教育委員会『愛知県教育史』（資料編・近代4）により見ると、第1学年には皇国ノ使命、青少年学徒ニ賜リタル勅語[26]、中学校生徒ノ修練、礼法、第2学年には皇国ノ道、皇国ノ道ノ修練、国民生活、礼法、第3学年には国体、皇国ノ政治、皇国ノ軍事、皇国ノ道ノ修練、礼法、そして第4学年には我ガ国ノ家、皇国ノ経済、皇

国ノ文化、皇国ノ使命、皇国ノ道ノ修練、礼法等がそれぞれ設けられている（369頁）。これらにより、1学年進級するごとに、皇国なる名称を冠した項目が1つずつ増加することが知られる。学年進行に伴い、生徒の皇国意識をより強固なものとするためだったのだろうか。さらにまったく不可解なのは、修身の中に政治、軍事、経済、（文化）等が含まれている点である。また、「我ガ国ノ家」には、一体、何が書かれていたのだろうか。『家』重視、女性の人格無視、親孝行一点張りの内容だったのではあるまいか。さらに「我ガ国」と「皇国」との違いは、いったい、何なのか。可能であれば、これら全部に逐一当たってみたいものである。そして、授業時数は第1および第2学年が週1時間、第3および第4学年が週2時間となっている。

高等女学校の場合も同様である。前掲『愛知県教育史』（資料編）によると、第1学年には「高等女学校生徒ノ修練」、「皇国ノ家ト女子」、第3学年には「皇国ノ母」などが付加されている。もちろん、中学校にあって女学校にない項目もある（381～382頁）。ただし、授業時間数は中学校と同じである。

なお、1年生の時だったと思うが、音楽の時間に音感教育なる授業があった。先生が弾くピアノを聴き、音の高低や強弱等を各人が言い当てるというものだった。テストもあった。しかし、当時の音感教育は、本来の目的を逸脱して、襲来する米軍機の種類や状況察知等に重点が置かれていたように思う。また、習った音階はドレミファソラシドではなく、ハニホヘトイロハだった。

そして、軍歌を教室で習った記憶はないが、戦争末期に岡山市に疎開していた作家・永井荷風が、岡山県立師範学校女子部

の場合について、『断腸亭日乗』[27]の1945（昭和20）年6月23日の欄に「大祭日其他の時、女先生ピアノを弾じ女生徒吠ゆるが如く軍歌を唱ふるなるべし。現代の人の為すところ一ツとして吾人の意表に出でざるはなし」（筑摩書房　現代文学体系17『永井荷風集』1965年11月 440頁）と記しているところから、中学校も同様で、少しは習ったかもしれない。中学校時代の同僚は「見よ東海の空明けて」という愛国行進曲は教室で習ったように思う、と私のアンケートに回答している。もしかすると、数曲習っていたかもしれない。

　ところで、1943（昭和18）年1月21日改正の**中等学校令第7条**により「中等学校ノ修業年限ハ4年」と定められた（文部省『学制百年史』資料編　1972年10月）ことにより、卒業者は全国共通して、1945（昭和20）年3月は5年生と4年生、1946（昭和21）年3月は4年生のみ、1947（昭和22）年3月以降は5年生のみ（1949年3月は旧制中学校5年生と新制高等学校3年生の同時卒業）となった（143頁）。このうち、1946年3月卒業者と47年3月卒業者が私と同時（1942年4月）入学者で、後者は中学校で最高学年を2年連続して体験したことになる。私の知るかぎり、4年生で卒業したのは、当時のわが国平均農家（北海道を除く）より2ないし3倍も耕作規模の大きい農家（岡山県でこのような農家は児島湾干拓地にほぼ集中していたように思う）、果物等商品生産農家や自営業の後継者あるいは上級学校へ4年卒で進学した者たちであった。

注

1) 2005年9月18日に名古屋市中区の市教育館で開催された戦争体験を語り継ぐ「第48回不戦のつどい」で、軍隊経験のある名古屋市緑区の花房達夫（84歳）は軍国少年時代を振り返り、「どこからそのような思いが来たかと言えば、家庭や学校ではなく教科書の影響が大きかった」と語っている（同年9月19日付『中日新聞』朝刊）。
2) 教科書以外に『幼年倶楽部』『少年倶楽部』『少女倶楽部』等の雑誌があったが、これらは全児童が購読可能というものではなかった。貧困家庭の子や書店のない地方の子らは不可能だった。大江志乃夫編『図説　昭和の歴史』⑤「非常時」日本（集英社　1980年2月）にも、「雑誌を毎月買ってもらえる子、買ってもらえない子、買ってもらえる子のほうが少なかった」とあるが（158頁）、買ってもらえる子はかなり低率だったのではあるまいか。
3) 「水兵の母」には「感心な母」と題する下敷きがあった。1905（明治38）年12月翻刻発行『高等小学讀本』1がそれで、海後宗臣編『日本教科書大系』近代編　第6巻　國語（3）（講談社　1964年4月）に全文が示されている（528～530頁）。
4) 国語や修身あるいは音楽等の授業により洗脳された子どもらの多くは一旦緩急あれば、率先して国難に当たるべきだ、それが軍国少年・少女たちの義務と考えるようになっていた。わずか3例であるが示すと、山陽学園高女の場合、同校『学園百年史』（1986年10月）に、

　　3年生の6月になると、上級生がつぎつぎと鐘紡工場に学徒動員されていきました。7月にサイパン島玉砕（毎日新聞社『1億人の昭和史』によると、日本軍戦没者4万1,244人、在留邦人約1万人が自決……引用者注）の報を知り、純粋で一途な私達は「こんな時局に安閑と勉強などしてはいられない。1機でも多く飛行機を戦場へ」の気運が高まり、「1日も早く動員させて下さい。」と要望書に生徒ひとりひとりが署名し、血判を押して校長に差し出しました。

とある（204〜205頁）。

また岡山県立二女の場合、1944（昭和19）年に第5学年だった伊原信子は、

> 隊員を代表して私は毛筆で残業嘆願書をしたため、最後に参加者の名前をつらね（体調の悪い人は除外したので三十数人だったと思う）各自、小指を切って血判を押し、担任の子安先生を通じ工場長へ提出した。……5時から9時頃までの残業だった……
> 数日後の新聞に「血書残業嘆願──藍桜隊──」という見出しで、嘆願書と署名血判までが写真入りで克明に掲載されていた。

と記している（岡山朝日高『教育史資料』第3集47頁）。

そして岡山県立一女では、生徒の発意によってか否かは定かでないが、操山高等学校『創立70年史』（1969年9月）に、1943年3月8日すなわち、大詔奉戴日に献髪式を行い、「女性の生命たる緑の黒髪を断ちて神に捧げ国難突破を祈った」とある（134頁）。

純情可憐な少女らの多くを、そこまで追い込んだ諸事情の背景には、軍国主義思想の普及・徹底化と戦争の熾烈化、それに対応した学校教育等があったように思う。

5) 「教育に関する勅語」すなわち「教育勅語」は以下のような文章だった（前掲『修身教科書』による）。

朕惟フニ我カ皇祖皇宗國ヲ肇ムルコト宏遠ニ德ヲ樹ツルコト深厚ナリ我カ臣民克ク忠ニ克ク孝ニ億兆心ヲ一ニシテ世々厥ノ美ヲ濟セルハ此レ我カ國體ノ精華ニシテ教育ノ淵源亦實ニ此ニ存ス爾臣民父母ニ孝ニ兄弟ニ友ニ夫婦相和シ朋友相信シ恭儉己レヲ持シ博愛衆ニ及ホシ學ヲ修メ業ヲ習ヒ以テ知能ヲ啓發シ德器ヲ成就シ進テ公益ヲ廣メ世努ヲ開キ常ニ國憲ヲ重シ國法ニ遵ヒ一旦緩急アレハ義勇公ニ奉シ以テ天壤無窮ノ皇運ヲ扶翼スヘシ是ノ如キハ獨リ朕カ忠良ノ臣民タルノミナラス又以テ爾祖先ノ遺風ヲ顯彰スルニ足ラン斯ノ道ハ實ニ我カ皇祖皇宗ノ遺訓ニシテ子孫臣民ノ俱ニ遵守スヘキ所之ヲ古今ニ通シテ謬ラス之ヲ中外ニ施シテ悖ラス朕爾臣民ト俱ニ拳々服膺シテ咸其德ヲ一ニセンコトヲ庶幾フ

明治23年10月30日
御名　御璽
　　ギョメイ　ギョジ

6) 母校の奉安殿は竹垣で仕切られた広い庭園の中にあり、その中には校長と教頭以外は、誰も入れなかった。そして平素は常に施錠してあった。また、御真影などが運び出される時は、全員が頭を垂れ、じっと地面を見つめるか、瞼を閉じていなければならなかった。このため、低学年の頃は、奉安殿の中に何が納められているのか、まったく知らなかった。高学年になって、運び出されるものを盗見したりして、初めて天皇、皇后両陛下の御真影と教育勅語の謄本であることを知った。もしかすると、「青少年学徒ニ賜ハリタル勅語」の謄本も納められていたかもしれない。そして、玉砂利を敷いた正面の通路以外は苔がむし、大木も何本かあったように思う。

7) 小学館『国語大辞典』は支那事変を「日中戦争に対する当時の日本側での呼称」と説明している。

8) 小学館『国語大辞典』は、在郷軍人は「平時は郷里で生業についているが、戦時には必要に応じて招集され、国防の任務につく、予備役、後備役、帰休兵、退役の軍人」のことと言っている。

9) 戦地へ送られた軍馬の総数は不明であるが、兵士との割合は分かるので、これを示すと、1941（昭和16）年現在の「甲編成の連隊では総人員5,546名に対し軍馬は1,242頭、乙編成の連隊では総人員3,928名に対し軍馬693頭となっている」（吉田　裕『日本の軍隊』岩波書店　2002年12月 204頁）。兵士と軍馬の比が甲編成は100対22.4、乙編成は100対17.6で、いかに多数の馬匹が徴用されていたかが明白である。もちろん、全部が元農耕馬や輓馬だったのではなく、中には軍が直接馬産地から購入する場合もあったのではあるまいか。

10) 小学館『国語大辞典』によると、又銃は「小銃を3挺ずつ組み合わせて三角錐状に立てること」で、中学校入学後、軍事教練の時間に習ったように思う。

11) 山川出版社『日本史広辞典』は、千人針を、「日清・日露戦争に始まり、昭和期の戦中を通して出征兵士におくられた弾丸よけのお守り。白木綿の腹巻に千人の女性が赤糸で1針ずつぬい、社寺の守

札や5銭銅貨をぬいつけた」と説明している。
12) 満蒙開拓青少年義勇軍について、山川出版社『日本史広辞典』は、

> 昭和10年代に国策として満州に送られた若年農業移民の通称。1938年、政府は満州国支配の安定化をねらい、農山村の次・三男を武装移民として送り出す制度を創設。加入資格は満14〜19歳の青年だったと言い、また朝日新聞社『戦争と庶民』1940-49①「大政翼賛から日米開戦」は1932年、「満州国」をつくりあげた日本は、国策として満州への農業移民を推進した。38年には、召集以前の15〜19歳の青少年を理想的な「鍬の戦士」青少年義勇軍に仕立て、10年で10万人を入植させる計画を立てた。国内での皇国精神教育、開拓訓練のあと現地で訓練と軍事教練を受け、義勇隊開拓団として入植した。理想に燃えた開拓団員たちだったが、関東軍に召集されたり、敗戦時のソ連軍の侵攻で、辛酸をなめることになる。

と言っている（145頁）。
13) 山川出版社『日本史広辞典』は、大本営を「対外戦争遂行のために陸海軍首脳などが天皇の幕僚として参加した最高統帥機関、またはその会議」と説明している。
14) 山川出版社『日本史広辞典』は興亞奉公日について、「1939年8月8日、平沼内閣が国民精神総動員運動の一環として閣議決定した。国民が『戦場ノ労苦』をしのんで生活の簡素化を図るため毎月1日に設定された」と説明している。
15) 山川出版社『日本史広辞典』は大詔奉戴日について、「第2次大戦中の記念日。太平洋戦争開始とともに、国民の士気昂揚のため、1942年に設けた。従来の興亞奉公日にかえ、毎月8日を『挙国戦争完遂ノ源泉』として大詔奉戴日とした」と説明している。
16) 小学館『国語大辞典』は、行軍なる表現は、軍隊の場合のみならず、「旧制で、学生などが並んで遠距離を行進する」場合にも使っていた、と言っている。
17) ペーパーテストの廃止は資源不足によるかのように記述している

が、これは私の早とちりであった。谷口琢雄「大正・昭和前期の中学校」(仲　新監修『学校の歴史』第3巻「中学校・高等学校の歴史」1979年5月)によると、筆記試験は、1927(昭和2)年11月にはすでに廃止が決定されている。ところが、1929年11月には筆記試験の方法を加えることが可能となり、1939年には再度廃止が決められている(62～63頁)。そしてこれは、資源不足によるのではなく、中学校の入学難、これにもよる入試競走の激化、それに学校間格差の増大等に対応するためにとられた措置と言われる。この間の経緯は、吉田豊治著『旧制中等学校入試の歴史をふり返る』(文芸社2004年9月)にも詳述されている。

18) 岩波書店『広辞苑』は折敷を「軍隊用語で、右脚を折り曲げて尻の下に敷き、左膝を立てた身の構え」と説明しており、その仕方は教練の時間に習った。

19) 山川出版社『日本史広辞典』は国民服を「太平洋戦争中の常用衣服。衣服の簡素化を目的とし、1940年勅令で大日本帝国国民服令が出された。国防色の軍服をモデルとし、甲種(背広の代用)・乙種(青少年用)の2種類があった」と説明している。

20) 教練の授業種目は、1943(昭和18)年11月現在、第1学年が勅諭、各個教練、部隊教練、礼式、指揮法及教育法、陣中勤務、戦場運動、銃剣術、補助教材、軍事ニ關スル講話等で、第2学年以上第4学年までは、それらに射撃が加わり、授業時数は全学年週3時間となっていた(『愛知県教育史』第4巻　470～471頁)。

　なお、教練は男子中等学校(およびそれ以上の学校や大学)のみならず高等女学校の全学年にも課せられていた。その授業種目は、各個教練、部隊教練、指揮及教育法、礼式、軍事講話、其の他で、男子中等学校にある勅諭、陣中勤務、戦場運動、銃剣術および射撃はなかった(同『教育史』477頁)。とすると、女学校の場合、銃は持たなかったことになる。ところが、朝日新聞社『戦争と庶民』1940～49②「窮乏生活と学徒出陣」(1995年4月)には、1943年1月26日に上野東照宮まで銃を担って行進した東京音楽学校女生徒らの写真が掲載されている(152頁)。とすると、少なくとも同校では、

普段、銃を持って教練を行っていたことになる。ところが、その説明文には「担え銃」「立て銃」を反復練習したあとの行進とある。もし普段、銃を持って教練を行っておれば、反復練習など必要はないはずである。それらは小銃操作のイロハだからである。そして高等女学校の教練授業時数は第1および第2学年は体操と合わせて週3時間、第3および第4学年は教練が1時間だった（前掲『教育史』477頁）。

21) 小学館『国語大辞典』は、38式歩兵銃を「明治38年に採用された、旧日本陸軍の主要小銃。口径6.5mm、5連発で、薬室上部に菊の御紋の刻印が打たれていた」と説明している。

22) 軍人勅諭はかなり長文である。したがって、全生徒が暗記させられ、絶えず唱えさせられていた5か条のみを示すと、「一（ひとつ。以下同様）軍人は忠節を尽くすを本分とすへし　一軍人は礼儀を正しくすへし　一軍人は武勇を尚ふへし　一軍人は信義を重んすへし　一軍人は質素を旨とすへし」となっている。

23) 紙面の関係上、戦陣訓は「序」の部分のみを示すと、

　　夫れ戦陣は、大命に基き、皇軍の神髄を發揮し、攻むれば必ず取り、戦へば必ず勝ち、遍く皇道を宣布し、敵をして仰いで御稜威の尊厳を感銘せしむる處なり、されば戦陣に臨む者は、深く皇國の使命を體し、堅く皇軍の道義を持し、皇國の威徳を四海に宣揚せんことを期せざるべからず。惟ふに軍人精神の根本義は、畏くも軍人に賜はりたる勅諭に炳乎として明らかなり。而して戦闘並に訓練等に關し準據すべき要綱は、又典令の綱領に教示せられたり。然るに戦陣の環境たる兎もすれば眼前の事象に捉はれて大本を逸し、時に其の行動軍人の本文に戻るが如きことなしとせず。深く慎まざるべけんや。乃ち既往の經驗に鑑み、常に戦陣に於て勅諭を仰ぎて之が服行の完璧を期せむが為、具体的行動の憑拠を示し以て皇軍道義の昂揚を圖らんとす。是戦陣訓の本旨とする所なり。

岡田久司『戦陣訓と日本精神』（軍事教育研究會　1943年2月　1〜

2頁）によった。皇軍の使命は重く、規律は至極厳しかったと言わざるをえない。

24) 宗川元章は、「戦争を語る」と題する文章の中で中等学校時代を回顧し「学校生活も軍隊そのもの、上級生にうっかり敬礼を忘れようものなら往復ビンタで頬がはれ上がる程の制裁を受けた」と言っている（桜丘高等学校『図書館だより』第11号　1981年6月4頁。同校の所在地は愛知県豊橋市）。

25) 私より1歳年長の児童文学者・寺村輝夫は、「さいごの予科練」と題する文章の中で、

> 昭和16年……ぼくは東京府立第一商業学校の1年生だった。……省線の渋谷駅からの通学路も指定され上級生に会えば挙手の敬礼をしなければならなかった。学校では軍服を着た軍事教練の先生が大手をふってあるき、次にスパルタ式の体操の先生がえらい教師だった。帽子のかぶりかたがわるいといってなぐられ、ボタンがはずれているといってつきとばされた。事あるごとに藤田東湖の『正気歌（せいきのうた）』（山川出版社『日本史広辞典』および平凡社『世界大百科事典』によると、藤田東湖は1806〔文化3〕年から55〔安政2〕年まで生存した常陸の国水戸藩士。幕末尊皇攘夷論の指導者で著書『和文天祥正気歌』は幕末の志士に愛読されたとのこと）を暗踊（ママ）させられ、大いに国粋主義をふきこまれた。

と記している（上野良治編　前掲書230頁）。私の母校はこれほどひどくはなかったが、それに近かったと見てよかろう。

26) 「青少年学徒ニ賜ハリタル勅語」について山川出版社『日本史広辞典』は

> 1939（昭和14）年5月22日、日中戦争の長期化に応じ、青少年学徒に直接時局の自覚・奮起をよびかけた勅語。……教育勅語の理念を戦時体制下に即応させる性格をもち、第2次大戦終結まで教育勅語とともに天皇制公教育理念を支える勅語として大きな力をもった。

と説明している。

その全文（文部省『学制百年史』資料編　8〜9頁）を示すと、以下の通りである。ルビは加藤地三『教育勅語の時代』（三修社　1987年12月　27頁）による。

　國本ニ培ヒ國力ヲ養ヒ以テ國家隆昌ノ気運ヲ永世ニ維持セムトスル任タル極メテ重ク道タル甚ダ遠シ而シテ其ノ任實ニ繋リテ汝等青少年学徒ノ雙肩ニ在リ汝等其レ気節ヲ尚ビ廉恥ヲ重ンジ古今ノ史實ニ稽ヘ中外ノ事勢ニ鑒ミ其ノ思索ヲ精ニシ其ノ識見ヲ長ジ執ル所中ヲ失ハズ嚮フ所正ヲ謬ラズ各其ノ本文ヲ格守（正しくは恪守……引用者注）シ文ヲ修メ武ヲ練リ質實剛健ノ気風ヲ振勵シ以テ負荷ノ大任ヲ全クセムコトヲ期セヨ

　昭和14年5月22日

27) 小学館『国語大辞典』によると、日乗は日記や日誌のことである。

第 3 章

陸軍兵器補給廠への学徒動員

(1) 動員体制確立までの経緯

　学徒動員は、その出動先によって、出陣と勤労動員に大別される。出陣学徒は、手に銃をとり、ほとんどが戦地に赴いた。したがって、戦死者も多数出た。戦没学徒の手記集『きけ　わだつみのこえ』（岩波書店　1995年12月）は是非とも読んで欲しい。これに対して、勤労学徒は、主として農・工具を手にし、いわゆる銃後で食糧・軍需品の生産等に従事した。とはいえ、両者とも、学園復帰の当てはなく、長期間、学業の放棄を余儀なくされた。それのみならず、勤労学徒にも、出動先によっては、しばしば米軍機の空襲に脅かされ、多数の死者が出ることもあった。このように、両者には共通点もある。しかし、本書では、すでに断った理由で、勤労動員（山川出版社『日本史広辞典』は学徒勤労動員を「第2次大戦下の戦時経済運営上の労働力不足を補うためにすすめられた、国家による学生・生徒の強権的動員」と説明）のみを対象とする。

　1937（昭和12）年7月7日に勃発した支那事変の戦線拡大と泥沼化とにより、人的および物的資源はかつてなく不足し[1]、1938年4月1日には**国家総動員法**[2]が公布（同年5月5日に施行）され、また翌年7月には同法に基づき**国民徴用令**[3]が制定

された。

そして文部省は、1938（昭和13）年6月には次官通牒でもって**集団的勤労作業運動実施ニ関スル件**を発令し、中等学校[4]生徒に夏季休暇中、低学年は3日、高学年は5日程度を目標に集団的勤労作業を実施させることにした。また同日付で官公私立大学のほか直轄学校・公私立高等学校および専門学校のほとんどにも同文の通牒を発した。

翌1939（昭和14）年3月には上記「集団的勤労作業運動実施ニ関スル件」に基づき、ただし、その枠を拡大し、文部省は、勤労作業の実施期間を夏期または冬期の休暇中にのみ限らず、随時これを行い、正科に準じて取り扱う方針を示した。しかし、日中戦争期の学徒動員は、まだ臨時的なものにとどまっていた。

ところが、この後、食糧増産は喫緊の課題となり、国は1941（昭和16）年2月には**青少年学徒食糧飼料等増産運動実施ニ関スル件**を発令し、中等学校以上の学生生徒に対し、1年を通じ30日以内は授業を休止して勤労作業に振り替えることを可能ならしめ、彼らをますます食糧増産活動にかりたてていった[5]。

そして同年11月22日に公布された**国民勤労報国協力令**により、14～40歳男子と14～25歳未婚女子の勤労奉仕義務が法制化（毎日新聞社『1億人の昭和史』70頁）されるとともに学徒勤労報国隊が結成された（岩波書店『日本歴史』21　1977年1月　183頁）。これを受けてと思われるが、私の母校は1941（昭和16）年（月日不詳）に「関西中学校報国隊」を結成している。（『百年史』175頁）。しかし、残念ながら、その詳細は不明である[6]。

続いて1943年6月25日には、**学徒戦時動員体制確立要綱**を閣

議決定し、学徒の有事即応体制を確立するとともに勤労動員を一層強化して、学徒の食糧増産、国防施設建設、緊急物資生産、輸送力増強等への動員を優先的かつ強力に推進することにした。

この点に関して、山田英彦は「学徒動員」と題する文章の中で、

> 「学徒戦時動員体制確立要綱」は一つの質的転換点だったように思われる。それは、それまでの食糧増産だけでなく、軍事施設の建設、軍需物資の生産や輸送機関へも学徒を動員することを可能にしたからである。

と言い（名古屋空襲誌編集委員会編『名古屋空襲誌』第7号 名古屋空襲を記録する会発行 1979年6月25日 30頁）、また岡山県立瀬戸高等学校『創立80年誌』は、

> これまでの「集団勤労作業」を「勤労動員」と改め、軍需工業への動員（年間60日間）と学校での委託作業を行う体制を一歩進めた。

と言っている（85頁）。

そして1943（昭和18）年7月6日には、文部次官通牒でもって学徒戦時動員体制確立要綱実施ニ関スル件を発令し、9月23日には「女子挺身隊に25歳未満の未婚女子の動員を決定」している（毎日新聞社『1億人の昭和史』）。

なお、翌年1月には緊急学徒動員方策要綱、2月には決戦非常措置要綱、そして3月には決戦非常措置要綱ニ基ク学徒動員

実施要綱を相次ぎ閣議決定し，この「学徒動員実施要綱」に基づき「学徒ノ動員ハ原則トシテ中等学校程度以上ニ付今後1年常時之ヲ勤労其ノ他非常任務ニ出動セシメ得ル」こととした。

さらに，政府は同年5月16日に学校工場化実施要綱を通達した（毎日新聞社『1億人の昭和史』83頁）。これを受けて，愛知県は学校の工場化を鋭意推進した[7]。その結果，「1945年1月にはすでに男子中等学校7校，女子中等学校17校，国民学校11校の計35校が学校工場を実施」（『愛知県教育史』第4巻 639頁）しているが，これもまた全く異常な事態の現出と言わざるをえない。

この点はさておき，労働力不足は，その後，一段と深刻化した。このため，1944年7月11日の閣議において，①国民学校高等科児童をも継続動員できること，②学生・生徒の教育訓練時間を状況によって停止できること，③1日10時間労働を原則とするが，実際にはそれ以上の労働強化も可能なこと，④中等学校第3学年以上の男女学徒に対する残業および交替制深夜作業を認めることなどを決定した。これらの内，特に第2項以下により，国は中等学校以上のすべての学校につき，生徒の教育活動をほぼ完全に停止するとともに，1日10時間以上の労働，しかも特に第3学年以上は女性も含めて，深夜労働を可能にした，と言えよう。

以上において，出所を明記していない場合は，文部省『学制百年史』（記述編 563～566頁）および『愛知県教育史』第4巻（615～617頁）によった。

次は愛知県にのみ限定されるかもしれないが，同県は1944（昭和19）年7月11日に「昭和19年ニ於ケル中等学校ノ夏季休業ハ之ヲ行ハザルコト」との通牒を発している（『愛知県第一高等

女学校史』1988年3月 306頁)。生徒や児童にとっては1年中で最も長く、かつ最も楽しい夏休みが全廃となったのである。

また、政府は1945(昭和20)年3月18日の閣議で**決戦教育措置要綱**を定め、「国民学校初等科ヲ除キ、学校ニ於ケル授業ハ昭和20年4月1日ヨリ昭和21年3月31日ニ至ル間、原則トシテ之ヲ停止スル」ことを決定した(上記『女学校史』320頁)。夏休みの廃止どころか、学校の授業までも停止したのである。狂気の沙汰としか言いようがない。

母校の場合は、1944(昭和19)年5月に、突然、学徒勤労動員令状が送付されたらしく、これを受けて、直ちに5年生イ組は児島の野崎塩田、ロ組とニ組の半分は山陽工機、残るハ組とニ組の残り半分は岡山重工へ、それぞれ出動した。次に4年生は、全員が同年7月17日に兵庫県相生市の播磨造船所へ派遣された。もちろん、通勤は不可能である。とすれば、全員が寮生活を余儀なくされる。以上は『関西学園百年史』(178頁)に依拠したが、これ以上の詳細は把握不可能である。資料が残存しないからで、その理由は、愛知県立一中の場合であるが、1945(昭和20)年9月、すなわち、敗戦の翌月、県教育課から「戦争に関する一切の書類を焼却すること」との指示があり、関係資料など全部を処分したことによる(『鯱光百年史』1978年1月377頁)。おそらく母校も、同様の理由により、軍事関連資料は皆無となっているのだろう。仕方ないことだが、激動と混乱の時代を、ただひたすら勝利を信じて頑張った私たちの記録皆無については、何とも表現しがたい心の虚しさ、やるせなさを感じる。

第3章　陸軍兵器補給廠への学徒動員　69

　ただし、4年生については、動員先での活動実態を、1年先輩の室山貴義の文章により知りうるので、その一部を紹介することとする。これは、最初、校誌『みかど』（80周年記念誌）に掲載され、その後前記『百年史』に転載されたものである。題名は「播磨地獄」となっている（180〜182頁）。

　　見渡すかぎりの広大な寮は、すべてお粗末なバラック。そこに岡山、和歌山などの数県からいくつもの学校が入っていたが、夜な夜な学校対学校のけんかや、果ては学校内同級生同士のリンチが続いた（学校対学校の喧嘩はどこでもあったらしく、岡山県立一中生と同じ職場に来ていた県立二中生が喧嘩をした、と藤堂知之は岡山朝日高等学校『教育史資料』第3集に記している（31頁）。このほか、類似の喧嘩は夏目漱石の「坊ちゃん」や映画「無法松の一生」にも見られる。ただし、この場合は、ともに中学生と師範学校生の喧嘩である。……引用者注）。

　　着て寝るふとんは人絹ですぐにヨレヨレ。その上風呂も石けんもほとんどないため垢まみれの襟もと。押入れにはしらみの群が這っていた（『16歳の兵器工場』によると、鷹来陸軍造兵廠も同様だった……引用者注）[8]。まだある。食べものと言えば三度の食事だけ。それも飯はヘギの上に乗った玄米半分、豆かす半分の牛が食べるようなもの。おかずは、中身のほとんどない、色がついているのも判らないような、どんぶり鉢の汁とひからびたコーコ。汁も中身のない代り、しょっちゅう蠅が2、3匹浮いていたが、そ

のような不衛生のためか一度赤痢が流行、私たちの学校でも同級生の福島という秀才など何人かが死んだ。……そうした数々の悪条件の中で、それでも私たちは毎日頑張った。朝になると隊伍をととのえて寮を出発、歌をうたいながら峠を越えては造船所に向かった。

　　花もつぼみの　若ざくら　5尺のいのち　ひっさげて
　　国の大事に　殉ずるは　我等学徒の　本分ぞ
　　ああ　くれないの血は燃ゆる

　私たちは、ただ勝つ日を信じて、その歌(「学徒動員の歌」……引用者注)をうたい続けた。

　造船所での私たちは、鋲打ち、仕上げ、塗装などの仕事を分担したが、結構器用にこなしていたものも多かった。私は塗装班に属し桜井とかいう人の指揮下に入っていたが、あるとき吊板のロープが切れ、鉄材の上に落ちたことがあった。……命に別状はなかったが、それでも胸の横を打ち、気を失った。捕虜の外人が2、3人なにか叫びながら走っていたのが、眼に映ったが、薄れてゆく意識の中で一瞬、これで助かったら倉敷へ帰れるという思いが走った。幸いにして私は死にもせず、そのあと暫くの休暇をもらって帰宅を許されたが、そのようなとっさの場合にさえ、「死ぬかも知れない」という思いより先に、「家に帰れる」という思いが浮かぶほど辛い毎日だったのだ。「播磨地獄」いつの頃からか、仲間は相生の寮や造船所のことをそう呼んでいた。

そしていよいよ、私たち3年生であるが、全部で5組あるうちのホ組は備前可鍛鋳鋼（現在は岡山商工会議所などが立地）へ、イ、ロ、ハ、ニの4組は陸軍兵器補給廠へ、ただし、イ、ロ、ハの3組は三軒屋（当時は岡山県御津郡牧石村大字宿字三軒屋。現在は岡山市三軒屋で、陸上自衛隊三軒屋駐屯地となっている）部隊へ同時（1944年9月）に出動し、主に砲弾の箱詰め、運搬、格納等の作業に従事した。これに対してニ組は法界院部隊に所属し、主に要修理兵器の運搬作業に従事したようである。

(2) 学徒らの宣誓文と校長の書簡

　動員学徒や女子挺身隊員、さらに両者に関係の深い学校長等は、過酷な動員活動や日々熾烈化するとともに敗色濃厚化する戦争を、いったい、いかに観ていたのか、是非とも知りたく思っていたところ、幸運にも、それらを示す文献が入手できた。しかし、残念ながら母校のものではない。またいずれも決して本心を吐露したものでもない。だが、私にとって非常に貴重な資料であることに変わりはない。

1) 出動学徒らの宣誓文
①　動員学徒の宣誓文

　ここに紹介するのは元長野県立望月高女生の島田（旧姓両沢）充子が「憂国の熱情に燃えて」と題する文章の冒頭に示したものである（『女学生の太平洋戦争』78〜79頁）。

宣　誓

　戦局は昨日より今日、今日より明日と日に日に激烈の度を加へ、無念にも既に輝く神州の一部を醜奴によって汚される事になりました。これも結局飛行機が足りなかった為です。

　優秀なる飛行機が充分に有ったならあの幾多の悲愴なる玉砕も無くて済んだ事でせう。又花も実も有る若桜も鬼畜の為に散らずに済んだものを。いゝえそれ所ではありません。終（つい）には大和民族の玉砕となるかも知れません。負けたらすべて零。我等の父祖によって守られてきた皇国三千年の輝く歴史、今こそこの私達の手でどうしても守らなければならないのです。

　現在の一時は後の百年にも当ると本当に国家存亡のこの時、何とかこの手で飛行機をと溢れる熱情を胸にいだいて居ったので有ります。

　この際どうして起たずに居られる者がありませうか。愈々秋（いよいよとき）は来ました。明20日以降望月高等女学校3学年全員63名は選ばれて勇躍日本無線上田工場に出勤致します。

　待ちに待ったこの命令、遣方（やるかた）なき憂国の熱情にたぎる此の胸が一度にどっとせきを切ったが如き喜びこの感激を誰が知り得る事が出来ませう。この際一切の愛着を振り捨てて唯（ただ）一路燃ゆる希望に向って邁進するのみで有ります。

　学徒の身でありながら国家の存亡を直接荷へる生産陣に戦ふ事が出来るとはこれこそ真に日本婦女子にあたへられた栄誉有る大きな責務で有ります。はかり知れぬ重大な責任がこ

の私たちの肩にがっちりとかかっているので有ります。

　２年でも３年でも、否勝つ迄は断じてこの職場を去らずこの腕を断じてゆるがせません。３年生全員一致団結皇国女性のほこり望月高女のほこりを胸にきざみつけて必ず必ず戦ひ抜きます。たとへ職場に倒れるともあたへられた使命を果しおほせずにはおきません。茲(ここ)に大東亜戦争の必勝と母校の隆昌を祈って宣誓の言葉と致します。

望月高等女学校本科３学年生代表

②　挺身隊員の宣誓文

　挺身隊員の宣誓文については２例を紹介する。最初は岡山県立第一高女の場合で、岡山県立操山高等学校『創立70年史』は「昭和18年９月、女子の動員が強化されると、学校の教育機能はまひし、ついで『女子挺身隊勤労令』の施行にもとづいて昭和19年１月29日第一高女女子勤労挺身隊結成式が行われた。全校の輿望を担って、やがて出陣しようとする女子学徒は次の決意を宣誓した」と前置きし、

宣　　　誓

　皇国未曾有の重大時局に際会し、三千年の伝統に輝く祖国の運命を此の年に決せんとす。我等挺身隊一同は国家の要請に応へ蹶然(けつぜん)起って総力戦の陣頭に挺身し誓って戦力増強に邁進せんことを期す。

　　３月10日　県主催挺身隊壮行式

と記している（137頁）。

次は岡山県・山陽学園高等女学校の場合で、同学園『百年史』によると、同校は、1944（昭和19）年2月8日、すなわち、大詔奉戴日に、その年度に卒業する専攻科2年生および本科5年生でもって山陽高等女学校女子勤労挺身隊を結成し、3月10日には岡山市内の女学校卒業予定者で編成する岡山女子勤労挺身隊の壮行会に89名が参加している。そしてその際生徒総代が朗読した宣誓文は、

　　　敵米英を撃滅する為には、1機でも1隻でも多くの飛行機や艦船を、一刻も早く前線へ送る事が何より肝要だ。その為に今全国に亘って、女子挺身隊の動員が行われているのだ。挺身とは身をぬき出して、先に進み敵に迫ることだ。1億神兵となって戦力の増強に挺身せねばならぬのだ。国内も又悽愴苛烈（せいそうかれつ）なる決戦場である事、そして又我々すべて、敵前にありという事を銘記しておかねばならぬ。直接戦力増強戦士の部面に於て、男子が女子より圧倒的に多い事は、真に敬意を払うべきである。が、それに反して女性は不急不要の職場・学校を求めて徴用を逃れようとしている感がある。女子勤労動員の本務は、男子に替って国土防衛並びに生産増強の主力部隊として活躍することである。

というものである（198〜199頁）。現在の若者に信じられるだろうか。もしかすると、馬鹿馬鹿しい、と一笑に付するのではあるまいか。でも、当時を知る私には、日々、勝利を信じて一途に頑張りぬいた少女らの気持ちが痛いほどよく分かり、たいへんいとおしくさえ思われる。

なお、同校では『山陽挺身隊』なる歌まで作られている。その歌詞の雄々しさにはただただ感服するのみである。参考までに示す。

　1番は「勅(みこと)に勇み、今こそと、男たけび高く、わが起てば、妖魔を拂ふ、必勝の、力湧きくる、血は燃ゆる、往けよ往けよ、山陽挺身隊」、2番は「學びの庭に、うち續く、職場、職場は、増産の、車の響き、槌の音、込めて送らん、熱と意気、勵め勵め、山陽挺身隊」、3番は「眞玉と砕く、益荒男(ますらお)を、思へば何の、熱塵や、寒波の中も、押し切れば、我に凱歌は、揚るべし、進め進め、山陽挺身隊」となっている（上掲書200頁）。楽譜は省略。

　以上により、動員学徒も挺身隊員も、事態の重大性を強く認識し、確固たる決意をもってことに臨んでいたことが知られる。しかし、それはあくまでも表向きにであって、本心は多くがそれに反していたのではあるまいか。にもかかわらず、率直にそれを示しえなかったのは、国策に反するがごとき言動は、絶対に許されないような時代だったからである。

(2) 校長の学徒宛て書簡

　次は学校長が、出動中の学徒に宛てて送った書簡である（『女学生の太平洋戦争』36～37頁）。

書　　簡

　拝啓、過日は忙しく失礼致し十分話し合ひも出来ずに帰り誠に遺憾に存じ候

御一同愈々元気にて御挺身の程誠に邦家の為慶賀に堪えず候

　ルソンに於ける戦況硫黄島に於ける戦況さては米国機動部隊の我国近海に於ける動静、艦載機及Ｂ29による爆撃等一つとして皇国の危急をつげざるもの無之候

　今日こそ１億国民が特攻隊となり身命を天皇陛下に捧げる時と存じ候、国亡びては家も財産も家族も親類も学問も文化も何も無之候

　而して今日只今こそ皇国興亡の分るる時に候、それも恐らくこの１年位にて其の方向がはっきりするには非ずやと存じ候

　皆様の皇国に尽す唯一の道は工場に於ける挺身に候

　今や皇国は１機でも１弾でも多く、しかも今日速急にしかも御身等は既に熟練工の域に達し居り候

　皇国女性として生をうけ死して悔ひざるの道は正にこの１点に候、男子は皇国の危急に神風特攻隊として既に身命を捧げ居り候、中学生も専門学校、大学の生徒もペンを捨てて特攻隊となり居り候、それこそが男子として死して悔ひざる道なるが為に候

　御身等も同年輩の女性として生をうけ、正に死して悔ひざる職場を与へられたるものに候、女性としての本懐これに過ぎたるもの無しと存じ候

　進学しても就職してもおよそ現在の職場を離れる者で現在程御国に奉公出来得る道は絶対に無しと存じ候

況んや工場に居る事が心細くなり何とか口実を設けて逃げ出さんと考へるが如き者あらば現在の男子中等学校以上の生徒の崇高なる心境に対して正に恥ずべき行為なりと存じ候故田家に於てもたとへ進学せりとも半年は現在の工場に定着する様措置を講じ居る状態に候

　夢々弱き心を起す事無く一同互に励まし合ひ今日の歴史的皇国の重大事に態度を誤らざらん事を遠く祈上候

　終りに隊員一同の健康を神かけて祈上候

　　　　　　　　　　　　軽井沢高等女学校長　清水誠一

　この書簡は名古屋市南区笠寺町にあった高野精密株式会社へ出動中の元軽井沢高女生に宛てたものであるが、戦争については皮相的にしか触れていないし、学徒に対してはやや冷酷ささえ感じられるものとなっている。しかし、当時の校長にとっては、これだけのことを言うのが精一杯だったのではあるまいか。もし学徒に与して、無意味な戦争の一刻も早い終結と貴女たちの１日も早い学校復帰を心底願っている、とでも言おうものなら、直ちに彼が受けるであろう仕打ちの酷さは火を見るよりも明らかだったからである。

(3) 三軒屋部隊での活躍

① 出動を喜んだ少年たち

　私たちの場合、９月に入っての出動だったが、その指令は、当然、夏休み前に届いていたはずで、全員が大きな関心をもって、それを聞いたに違いない。しかし、中には、これで勉強も、

いやな試験もなくなる、と欣喜雀躍した者がいたかもしれない。この点は次の2例からも推測可能である。

最初は愛知県の場合であるが、1944(昭和19)年に中学生になった宗川元章は、同年10月10日に、

> 私達中学1年生にも学徒動員令が下り、学業を放棄して軍需工場で働くことになった。……『やったー、万歳！』動員の報にみんな小踊りして喜んだ。これで私達中学生も、直接戦争に役立つことができるようになったという喜びと、(もうこれでテストもないぞ)いやな勉強から解放される喜びとが重なっていた。しかし、その喜びは完全に当て外れであった。

と言っている(桜丘高等学校『図書館だより』第11号5頁)。

次は1944(昭和19)年に岡山県立一中の4年生だった濱野總太郎であるが、岡山朝日高等学校『教育史資料』第3集の中で、

> 中学4年生の1学期の中間考査(期末考査)が終ったら、我々は倉敷の倉紡へ勤労動員学徒として航空機生産に従事する、と発表されたとき嬉しいという気持が期せずして教室内におこった。日本国民の1人として、国の為に生産力増強のためにお役にたつという嬉しさなら当然と云えるかもしれないが、さにあらず、勉強しなくてもいいという嬉しさだった。それまでも稲刈り、麦刈りの勤労奉仕が当時の中学生々活の楽しみの一つであったが、その延長であり、長期にわたる勤労奉仕だという意味でのよろこびであった

ように思う。当時としては非国民だということになるかも知れない。

と言っている（42頁）。全員あるいはほとんどが学業成績優秀者であり、多くが進学を志している岡山県立一中の生徒までが、学業放棄を喜んだとはいささか心外である。もしかすると、学校内での激しい競走に嫌気のさす者が少なからずいたのかもしれない。

② 出動先での活躍

三軒屋部隊に動員されて以降、日曜日以外は毎日出勤（当時、「月月火水木金金」という軍歌が流行していたので、休みは１日もなく出勤していたと思っていたが、やはり日曜日は休みだったようである。このことは当時の同僚で、私のアンケートに回答してくれた者の全員が、そのように記しているので誤りはあるまい）し、終日、作業に精励した。

動員先の休日に関して、1944（昭和19）年に岡山県立一中の第５学年で、品川白煉瓦岡山工場に動員されていた山下　徳は日曜日は休日で、「２週間に１回は、わが家への帰省が許可されていたが、もう１回は、宿舎で友だちとだべったり、……」と言い（前掲『教育史資料』29頁）、同年に岡山県立二女の第３学年で倉敷航空化工岡山航空機製作所に動員中の宇津木多喜は「月曜日から金曜日まで工場、土曜日は学校で授業、日曜日は休日、期末休暇は無し」と言っている（上掲『教育史資料』60頁）。そして鐘淵岡山絹糸工場に出動していた山陽高女の場合、1944（昭和19）年は「12月31日まで工場で働いた。……1945年

の正月は、……２日から作業に従事した」と記している（同学園『百年史』(204頁、205頁)。ただし、日曜日の出勤については触れていない。

　私たち男子生徒が箱詰めし、運搬する砲弾（迫撃砲、曲射砲、高射砲、戦車砲、対戦車砲用砲弾のほか手榴弾。私のアンケートに対する回答に示された弾丸名の全てを記した）には、同じく学徒動員で、1944年２月22日から出動していた就実高女生100名（『就実学園80年史』1985年10月 138頁）が主として火薬を充填していた。

　余談であるが、同僚のほとんどは就実高女生と同じ列車で、岡山駅から法界院駅経由で三軒屋部隊へ通勤していた。このためか、相互間に親近感が増し、恋愛関係に発展した者がいると聞いたことがある。とはいえ、せいぜいラブレターを交換する程度の淡いものだったのではあるまいか。いずれにしても、田舎育ちで知的に未熟な私には、それが何のことかまったく分からなかった。

　三軒屋のほぼ中心部に位置するボイラー室で加熱し、発生した水蒸気をパイプで近くの作業場へ送り、この熱で溶解し、液状化した火薬を、彼女らは大きな薬罐に移し、いちいち砲弾に流し込んでいた。最初の学習で、この工程を見た時は、呆れて物が言えなかった。当時の技術水準で、火薬は、十分、自動的に砲弾に充填されるものと思っていたからである。

　そして、私たち男子生徒は、火薬をつめた砲弾と薬莢を２発分ずつ木箱に詰め、ふたを釘で固定して、廠内の山中に掘られた多数の弾薬庫や鉄道引込線のプラットフォームへ運んだ。

砲弾運搬のトラックは木炭車[9]のため、馬力が小さく、傾斜が少し急になると、しばしば動かなくなった。すると、その荷台に乗っていた5ないし6人の生徒全員（これが1分隊〔1班〕で、余談であるが、1クラス全員を1小隊、1学年全体を1中隊、5学年全体を1大隊と呼んでいた）が下車して、後押しをした。

③　学徒らの士気昂揚

休憩室と作業現場間の往復は、たとえ5～6人でも決してだらだら歩くのではなく、必ず2列縦隊で道路の左端を整然と行進し、部隊長など将校クラスの軍人に出くわすと、先頭を歩く班長から「歩調とれ、頭右（左）」の号令がかかり、彼は挙手の礼をした（歩調をとるとは左右両股を上半身と直角になるまで交互に上げて前進すること）。そして複数人で廠内を移動する時は決して無言のまま歩くのではなく、必ず種々の軍歌や学徒動員の歌等をうたい士気昂揚に努めた[10]。

野沢高女の場合であるが、伴野（旧姓臼田）かづ子は「戦争の思い出」と題する文章の中で、

　　朝食前、寮前に整列、「海ゆかば」斉唱。朝食後、工場へ向かう時、遠くに上官の姿を発見すると、小隊長はすばやく「輪唱止め、歩調とれ、頭右、もとへ、輪唱はじめ！」といったことになります。やがて工場に到着。仕事につく準備をし、時間がきて第一工場の朝礼、人員の点呼です。「総員何名、事故何名、欠席何名、現在員何名、番号！（ここでみんなが順次に番号をとなえる）——以上、報告終り」

となります。

と言い、それから軍人勅諭を朗唱し、工場長の諸注意があってのち、作業にとりかかったと記している(『16歳の兵器工場』45頁)。このように、女生徒も廠内の行動は全て軍隊調とされ、士気昂揚に努めさせられた。もちろん、私たちも同様で、彼女の回想記により、当時が一段と懐かしく想起される[11]。

④ 1日の労働時間

私たちの場合は、余裕があったのか、それとも全体の仕事量が少なかったのか、8時間以上の労働は、まったくと言ってよいほどなかった。私のアンケートに回答してくれた同僚も全員が8時間労働だったと記している。したがって、この点に関して間違いはあるまい。ところが、私たち以外の動員先では、女性も含めて、1日8時間以上の労働や深夜作業が少なからず行われていたようである。既述したように、国は、動員学徒に対し、1日10時間以上の労働や深夜作業を認めていた。というよりは、それを半ば強制していたのではあるまいか。

その実態を具体的に見てみよう。依拠する文献は、『16歳の兵器工場』『女学生の太平洋戦争』『鯱光百年史』、岡山朝日高等学校『教育史資料』第3集および岡山操山高等学校『創立70年史』である。

最初は野沢高女の場合であるが、三石(旧姓鈴木)なおは「工廠の医務課で健康診断を受け、からだの調子のゆるすかぎり女子学徒も1週間交替で夜勤に従事していた」と言い(144頁)、その状況を田村(旧姓柳沢)いくよは「昼間の仕事にはだいぶ

なれましたが、やはり夜勤は体にこたえます。夕方7時始まりで、朝の7時までが労働時間です。夜中の12時に食事を食べ、昼間はその分の食事はないのです」と記している。特に、冬季の労働はきつかったようで、午前1時までの休憩時間に4〜5人の仲間でこっそり2階の物置部屋に忍び込み、むしろにくるまって暖を取った、と言っている（141〜142頁）。

　次も長野県であるが、名古屋陸軍造兵廠鷹来製造所へ出動していた岩村田高女の日台愛子は「巡らされたコンクリート塀のなかで」と題する文章の中で、

> 　朝7時から夕方7時まで12時間の労働が課せられた。昼食休みと午前午後に1回ずつの休憩があったが、実労働時間は11時間近かった。さらに、昼夜勤1週間ずつの2交代制が課せられた。朝7時から夕方7時までの昼の勤務を月曜日から土曜日までやると、日曜日から夕方7時から翌朝7時まで昼間と同じように働くのである（このあたり意味不明……引用者注）。夜中に食事をとるので、その週は昼食は食べることができなかった。……夜勤の1週間は睡眠不足をつみ重ねて暮らさなければならなかった。休みは日曜日の朝に夜勤があけて、月曜日の朝の出勤までとなった。まさに月・月・火・水・木・金・金と働き、土曜日と日曜日はなくなってしまった。

と言っている（46〜47頁）。

　なお、動員先で測定器を製造していた塩尻高女の中沢真代子は「皇国第700工場に動員されて」と題する文章の中で、

> 私の職場は……2人1組で2交代作業でした。早番は朝5時から2時まで、遅番は1時から11時まで朝早いのはつらかった。

と言い（303頁）、地元の大建産業（紡績工場）に動員されていた大町高女生・大井川平子は、

> 昼間の私たちが朝9時に出勤すると2交代の人たちは早朝5時から仕事をしていて、午後2時半には後番の人と交代し寮に帰っていった。……後番は1週間交代で2時半から夜の11時までやった。

と言っている（216頁）。

また、砲弾の頭部につける信管を製造していた諏訪高女の土居まさは「女学生の旋盤工」と題する文章の中で、

> 夜勤は午後7時頃から始まり、12時に工場の夜食を食べ、午前4時まで働きました。

と言っている（320頁）。

そして、次は愛知県立一中の場合であるが、名古屋陸軍造兵廠千種製造工場で戦闘機搭載の機関砲を製造していた4・5年生は、

> 午前7時から午後7時まで12時間従業で、隔週の昼夜交代制であった。時に「決死増産期間」と称し、14時間従業のときもあった。

と言っている（371頁）。

なお岡山県立一中の場合、1944（昭和19）年に第4学年だった宇治一彦は、

> 私たちの主力は岡山から倉敷へ山陽線で通勤していたが、毎夜残業につぐ残業で酷寒（1945年1月、2月頃）の深夜2時に、岡山駅に降り立つということも少なくなかった。

と言っている（39頁）。

さらに、岡山県立一女の岡村房子（1945年卒。出動先は不明。ただし、「電気ドリルでジュラルミンの板に穴をあけ、エヤーハンマーで鋲を打ちこむのが毎日の仕事」だった）は「点描」と題する文章の中で「戦局も益々苛烈を極め、学徒も3交替となる。早番5時半起床……通勤組8時半より合流。後番3時より早番と交替。……後番10時半終業」と記している（146頁）。

また、私と同年・1929（昭和4）年出生の吉田豊治は、前掲書『旧制中等学校入試の歴史をふり返る』の中で、「私自身、太平洋戦争後半の時期には中学生であったが、海軍航空廠に動員され、学業を放棄させられて、早朝7時から夕方6時までの厳しい作業に明け暮れた」と言っている（110頁）。

これらに対して、私たちは、夜勤も長時間労働もなかった。少なくとも、この点では至極恵まれていたと言える。

⑤　少額の労働報酬

私たちに支給された労働報酬については、残念ながら、まったく記憶がない。私のアンケートに回答してくれた同僚たちも、全員が分からない、あるいは知らない、と言っている。だが、幸運

にも、岡山朝日高『教育史資料』(第 7 集　1979年12月) は「当局に聴く　動員学徒報償金」と題する1945年 5 月20日付『合同新聞』の問答記事をそのまま紹介している。そこで、これを見ると、

　　【問】学徒動員で出動してゐる 1 学生ですが或る学校では報償金を支給されたと聴きました、われわれの学校ではまだ一度も支給されません、報償金の管理はどうなってゐるのですか（岡山市 1 学徒）
　　【答】報償金は各学校で人別に預金通帳に整理して管理してゐます、本人の家庭の状況その他必要に応じて払戻しを認めてゐます、また工場内の寮生活者には毎月若干の小使程度を支出してゐる筈です（県神祇教学課）
　　　　　　　　　　　　　　　　　　　　　　ママ

と記されている（16頁）。

　具体例を若干見てみよう。最初は三菱重工業名古屋航空機製作所へ動員された長野県伊那高等女学校の場合であるが、学校長宛ての県文書に、報償金は「月 4 千（十の誤りであることは確実……引用者注）円ヅツ学校長ニ支払ハレル　此ノ中カラ寮費ハ（十円）ノ外毎月一定ノ小遣　学校ノ授業料　報国団費　実験費　旅行貯金　愛国貯金等ヲ支払ッタリ積立テタリスル」と記されているとのこと（名古屋空襲誌編集委員会『名古屋空襲誌』第 7 号　1979年 6 月　36頁）。

　また、前掲『女学生の太平洋戦争』によると、日蚕常田工場に動員されていた上田市立高女の場合は「報償金 1 か月40円中授業料、報国団費を支払い25円生徒に渡す」とあり（14頁）、なお日本メリヤス（学校工場）に動員されていた須坂高女の場合

も「報償金40円中、通学生25円、寄宿生10円を現金で、残りを授業料と報国団費にあてる」とある（17頁）。名古屋の愛知化学へ動員されていた中野高女も給料は40円である（198頁）。ところが、動員先が野沢高女と同じ名古屋陸軍造兵廠だった岩村田高女の場合は「給料30円（授業料5円50銭、食費6円、布団借用料3円、小遣い10円、貯金5円50銭）」となっている（15頁）。ただし、給料が他校より低額だった理由は不明である。しかし、他校にない小遣いを含めると40円になる。

次は、岡山朝日高等学校発行『岡山朝日高等学校の生い立ち、戦前編』（2004年11月）によると、住友通信岡山製造所に出動していた岡山県立二女の場合、1か月の月給は「きちんと袋に入れて40円だった」（桑原〔旧姓斉藤〕美津子の文章による）とのこと（296頁）。

報償金に男女差があったか否かは不明であるが、下記のように岡山県では「中学生（当然男性……引用者注）1月50円」と記されている。そして、報償金額は全国統一されていたと推測される。とすると、両性間に月10円もの差があったことになる。労働時間や寮生活等に男女差があったとは思えないのに。

そして、当時の物価についてであるが、鷹来工廠に動員されていた佐々木嘉子は「空襲日記」と題する文章の中で、

　　土のついたさつまいもが、11月頃には1貫め（3.75キロ）で2円、1月には3円、2月が4円、3月が5円、4月も5円、そして4月には干したものは100匁（375グラム）5円でした。目ぐすりが2銭、メンタム50銭、私たちの女学

校の月謝が5円のときです。

と言っている（『16歳の兵器工場』104頁）。これらにより、報償金がいかに低額であったかは極めて明白である。

次に、岡山市史編集委員会『岡山市史』（戦災復興編　1960年11月）、は「労働によって支給された報償金は中学生1月50円で、同年齢、同経験の工員よりも低く、1日の報償金はサイダー3本で消えたといわれている」と記している（326頁）。

また、山陽高女の場合であるが、同学園『90年史』(1979年1月）は「生徒の労働に対する報償金はわずかなもので、授業料と相殺（そうさい）されて、年1回1人30円ないし35円の小遣い銭が支給されただけである」と言っている（114頁）。もし、男女差が設けられていれば、私たちはこれより若干多かったかもしれない。なお、岡山県立二女の生徒だった宇津木多喜は「1ヶ月のお給料から授業料と定期預金を引いて、10円のお小遣いを戴きました……」と言っている（前記『教育史資料』第3集　60頁）。

そして次は、岡山県立一中の場合であるが、後神俊文「岡山一中学徒動員始末──『個人別台帳』に記された報償金の支払額──」によると、1944年から45年にかけての報償金は、動員先の品川白煉瓦工場、万寿航空機製作所とも、必ずしも一定の基準にしたがっては支給されず、しかもその基準はしばしば変更されているとのこと（岡山朝日高『教育史資料』第7集　55～70頁）。このため、彼はその算出に随分苦労している。ただし、両工場とも1か月に23日か24日以上出勤した生徒には50円を支給している（55～70頁）。

以上の諸例から、報償金は確かに支給されたが、その額は小さく、しかも男女差があったように思われる（金額が全国統一されていたか否かは不明。ただし、その事実は否定できなさそうである）。

　なお、参考までに示すと、元野沢高女生・井出（旧姓黒沢）きん子は「2人の子らに」と題する文章の中で、

> 　働いた報酬に工場から出る僅かのお金は、決して私たちには手渡されなかった。先生が貯金して、残りを少しばかり支給されるだけだった。どんなやり方にも決して不平も疑いも持たない私たちだったのだ。「欲しがりません勝つまでは」——こんな思いが骨の髄までしみこんでいたのでしょう。いいえ、それよりも、私たちと同い年の男の子たちは命とひきかえの毎日を南方で、また大陸で送っていたのですもの、そんな思いが心のどこかですべてを耐えさせる支えになっていたのでしょう。

と言っている（『16歳の兵器工場』53頁）。

　⑥　出動学徒の服装

　私たち男子生徒は、毎日、坊主頭に戦闘帽をかぶり、ズボンにゲートルを巻いて出勤し、作業に従事した。これに対し、高女生らは、全員がもんぺ[12]姿で、作業中は常に鉢巻きをし、肩には防空頭巾をかけていた。ただし、上服については、残念ながら、まったく記憶がない[13]。

　1944（昭和19）年に岡山県立二女の第5学年だった藤原美江子は、

　　　　上はセーラー服、下はモンペ姿に運動靴で、綿の入った
　　　　防空頭巾と救急袋を肩からかけての自宅通勤学徒でした。
　　　　工場では、国防色の作業服上下に身を包み、頭には鉢巻を
　　　　キリリとしめ、校章からとって藍桜隊と名乗り、学徒とし
　　　　ての誇りと愛国心に燃えていました

と言い（岡山朝日高等学校『教育史資料』第3集　50頁）、また長野県の大町高女生だった渡辺里子は「忘れ得ぬ日々」と題する文章の中で

　　　　女学生の制服は、ヘチマ襟（小学館『国語大辞典』によ
　　　　ると、「後ろから前にかけて切れ目を入れないでやや丸みを
　　　　もたせてある襟」）の長袖上衣にモンペ、脚絆（手作りで山
　　　　賊脚絆と呼んだ）、防空頭巾と医療品などをいれた古布カバ
　　　　ンを肩から交差して掛け、たまに配給になる下駄を履いた
　　　　誠に質実剛健な姿だった。

と言っている（『女学生の太平洋戦争』212頁）。服装もまた全く異常化していたとしか言いようがない。
　⑦　動員期間中の授業
　出動中の1年間、教室での授業はまったくなかった。にもかかわらず、授業料は全額を納入していた。とすると、何か割り切れないものを感じるが、これは私のひがみ根性によるのだろうか。
　さらに、学校であれば、受けた授業について試験があり、教師による採点と評価がある筈である。愛知県の場合であるが、1943

（昭和18）年11月18日に改正された愛知県中学校学則および愛知県高等女学校学則には「各学年ノ課程ノ修了又ハ卒業ヲ認ムルニハ平素ノ成績ヲ考査シ性行ヲ斟酌シテ之ヲ定ム」とある（前掲『愛知県教育史』資料編　近代4　367頁、380頁）。しかし、「平素ノ成績」とはいったい如何なるものなのか。数学や国語等、各科目のそれでないことは確実で、日々の労働に対する評価なのか。授業はなく、労働のみのため、それしかあるまい。しかし、担任教師は、私たちの作業に常時付き添ってはいなかった。

そして同じく愛知県の場合であるが、翌44（昭和19）年12月22日付の学徒通年勤労動員中ノ授業実施ニ関スル通牒には「教練ヲ除キ学業成績評定ノ為ノ特別ノ考査ハ之ヲ行ハザルコト」とある（上掲書809頁）。言われるところの「特別ノ考査」とはいったい如何なるものなのか、判断に苦しむ。そこでこれを除くと、動員学徒の学業評価は教練についてのみ行われたことになる。しかし、動員先で教練の授業はなかったように思う。まったく理解に苦しむことばかりである。ただし、同僚の1人は「竹槍をもって出勤した記憶がある」とアンケート用紙の回答欄に記入している。しかし、竹槍使用の教練は、仮にあったとしても、余り多くはなかったように思う。

なおこれは岡山県立一中の場合であるが、1977（昭和52）年12月28日にプラザホテルで行われた「岡山一中動員学徒を引率して」と題する座談会において三宅悦次は、動員先の品川白煉瓦工場で「銃剣術をやる。1週間に何回か忘れましたけれど、外で教えた」と言っている（岡山朝日高等学校『教育史資料』第7集　11頁）。また、同校の場合について前記『岡山朝日高等

学校の生い立ち、戦前編』は「たまさかの登校とは、学校に教練を受けに行くことであった。」と言い（204頁）、さらに、

> たまさかの登校日には、教練が中心となったことは既に述べた。3年生の1人は次のように記録している。11月2日（4年生は休日）の登校日には、教練が6時間中4時間、12月の登校日には2時間があてられた。11月12日と17日の工場の昼食時には閲兵（小学館『国語大辞典』によると、「軍隊を整列させて、元首、司令官などが見回ること……引用者注）分列の練習をし、22日には工場は公休日であったが、生徒は出勤して閲兵分列の練習（7時半より3時間）をしている。

と言っている（205頁）。これにより、「たまさか」とは言っても、教練はかなり行われていたことが知られる。これに対して、私たちの場合は出動先が即軍隊で、常時、その指揮下にあったため、まったく、あるいはごく稀にしか教練は行われなかったのかもしれない。

教練はともかく、これ以外の授業は、全国すべての中等学校においてほとんど、あるいはまったく行われなかったのではあるまいか。また、仮に行われたとしても、それは完全に異常化した形で、ということになろう。しかし、それでもなお学校であり、生徒であると言えたのだろうか。不思議でならない。

ただ岡山県立一中は、学校で、あるいは動員先で異常化した形ではあるが、授業を継続している。この点について、まず中山善弘（1947年卒）は「学徒動員と一中生気質」と題する談話

の中で「勉強というのは、月に２回登校日がありましたからね。その日が休みになったり或いは勉強になったりしたんですから、満足に勉強はしていないんです。」と言っている（岡山朝日高等学校『教育史資料』第７集　43頁）。

次に、前記「座談会・岡山一中動員学徒を引率して」の中で武田幸太郎は、

> 本工場（浦伊部でない方）がノルマが激しいんでね。「これだけ済まさねば帰さん」と言うんじゃな、「その代り時間が余ったら授業してもよろしい」と言うんで、生徒は大いに勉強するために、ノルマを盛んにやったわな。よう働いた。わたしも一生懸命やった。……工場で、あとで英語の――小さい黒板を貰って――授業したのを覚えとる。一生懸命立って聞くんじゃからな、向うは。立って筆記するんじゃから。

と言い、次に福井三省は、

> わたしもプリントをして持って行って授業したのを覚えとんですが、それが日曜日だったか何だったかは、はっきり記憶がないんですが。

と言っている（ともに上掲資料11頁）。さすが県立一中、という感じがする。動員先で敵国語と言われた英語の授業をしているのだから、脱帽としか言いようがない。だが、この２教師にしても、中間考査や期末考査を実施し、採点して成績表を生徒、あるいは保護者へ渡していたとは思えない。

授業を行った事例は、岡山県立一中のみならず、他にもある。しかし、この場合も至極異常化した形で、としか言いようがない。例えば、前掲『女学生の太平洋戦争』によると、松本市立女子商業学校の石田（旧姓中川）昌子は「幸いだった半日の授業」と題する文章の中で、

> 幸い私どもの学校は午前と午後に分かれ、午前中に授業をした時は午後に仕事、午前中に仕事をした時は午後に授業をするという繰り返しでした。

と言い（266頁）、また長野師範学校女子部予科の北島直江は「自ら生きる青春でありたかった」と題する文章の中で、

> 皆さんは第二の国民を育てるという大切な使命のある師範学校（山川出版社『日本史広辞典』によると「第二次大戦前の教員養成機関の総称」……引用者注）の生徒です。勉強しなければなりません。午前中は勉強させてもらえる特例が与えられました。しかし、半日は学校工場で国のために働きます、という先生のお話があって、学徒動員となった。

と言っている（297頁）。

なお、学校工場で縫製作業に従事した長野高女生の岩佐祐子は「夏雲はかなたに」と題する文章の中に掲載する日記の1945年5月13日付の欄に、

> 生徒たちの勉学意欲の強さに動かされた担任の先生のお

力添えで１カ月に１日だけの授業日が許されることになりました。……愈々授業日だ。待ちに待った今日が来た。……修身、書道、音楽、家政。昼の休みは友人と庭へ出る。……５時間目被服、６時間目国語。

と記している（169頁）。ただし、６月以降敗戦の日までの３か月については触れていない。

これらに対して、松本女子実業学校生だった村中邦代は「板金工として」と題する文章の中で「勉強の『べ』の字もしなかった」と言っている（272頁）。私たちも、動員期間中、授業はまったくなかった。私のアンケートに応えて、同僚の１人は「労働がきつく、とても勉強できる状況ではなかった」と言っている。確かにその通りであるが、母校が岡山県立一中のような進学校でなかったことも無関係ではあるまい。

⑧　飼料同然の給食

昼食は毎日支給された。ただし、白米のご飯ではなく、７分づきくらい（あるいはそれ以下）のご飯に大麦、大豆（豆粕だったかも知れない）、コーリャン（もろこしの一種）あるいは甘藷等が混ぜられていた。しかも発育ざかりの少年たちにとって十分な量ではなかった。このことは私たちに限らず、動員学徒や挺身隊員のすべてに例外なく共通していたのではあるまいか。

事例を具体的に見てみよう（先輩の播磨造船所の場合は、すでに紹介したので省略）。まず山陽高女の場合、同学園『90年史』は、

昼食は通勤者も寄宿舎生も工員と同じものが支給された。主食はコウリャン飯が普通で、初めて見る生徒たちは赤飯とまちがえたが、口にしてみてそのまずさには閉口した。それものちにはイモ飯になった。副食はサツマイモのつるや普段見かけない海藻類の煮付けなどであった。

と言っている（113～114頁）。

　次は野沢高女の場合であるが、同校は全員が寮生活のため、昼食のみならず、毎回が給食となったはずである。まず、出嶋（旧姓篠原）素子は「ほめられなかった16歳の記録」と題する文章の中で「ご飯の中に豆粕（肥料）が入っている、というより豆粕にご飯がまぶしてある」状態だったと言い（23頁）、次に市川房枝は「入廠のころ」と題する文章の中で「明けても暮れても豆粕やコーリャン入りの丼めし、赤茶けた粉が底に沈んでいる味噌汁が出てきた」と言っている（42頁）。また、福田（旧姓井出）光子は「兵器工場で迎えた卒業式」と題する文章の中で、

　毎日の食事は、日に日に悪くなるばかり、高粱のはいった赤い御飯は、豆粕のはいった褐色の臭い御飯に代わり、鼻をつまんで食べても、のどを通らず、ひと口かふた口で止めてしまう日が多かった。大豆粕に肥料以外に食用という用途があるのを知ったのは、はじめての経験であった（私の生家は豆粕を肥料ではなく、もっぱら飼料として用いていた。したがって、用途としては飼料しか知らなかった……引用者注）。それが、どんぶりの中にかたまって冷えていると、何度か吐き気に悩まされるほどであった。

と言い（190頁）、さらに大澤（旧姓市川）麗子は「父母の顔、兄の声」と題する文章の中で、

　このごろは食糧事情もますます悪くなり、肥料として用いるはずのくさい豆粕が、御飯の半分以上もまざっている。こちらは食べ盛りの16歳、量も十分とはいえなかった。おやつなどあるはずもなく、ただただおなかがすいてやり切れなかった。

と言っている（225〜226頁）。

　なお、『女学生の太平洋戦争』に見られる事例を幾つか紹介しておこう。満留安(マルヤス)機械工業へ出勤していた臼田高女の木内秋子は「長靴の破れたような物が入った汁……それは（後程分かったことであるが……引用者注）鯨の皮だった。……また、私のご飯の中に5、6センチの白くなったミミズが入っていたこともありました」と言っている（71頁）。しかし、炊事担当者がご飯の中に故意にミミズを入れたとは到底思えない。友人らのはどうだったのだろうか。

　次に、学校工場で陸軍の軍服、シャツ、袴下の縫製等を行っていた長野高女の岩佐祐子は「夏雲はかなたに」と題する文章の中で、

　十分な食糧も無く栄養不足で働き続ける生徒の体力を気遣ってでしょうか、学校側から味噌汁給食が出されました。……が、その味噌汁はとても口に入れられるようなものではありませんでした。味噌の味はともかくとして、大根や

人参に混じって浮いているのは蚕の蛹の荒きざみでした。往々にして丸々と太ったのや、少し形が成長したのがそのままお椀の中にすくい込まれてやってくるのですから……。私にはとても無理でした。泣きたいほどでしたが、そっとすすって、具は空になった弁当箱に入れて帰ったような気がいたします。

と言っている（167〜168頁）。

　そして、師範学校女子部予科の山田美鈴は「戦争一色の時代に生きて」と題する文章の中で、

　　　一番忘れられないのは「コオロギ」を食べたこと。「いなご」は今でも食品であるが、コオロギはとても食べられなかった。第一に生息している場所を考えただけでも、のどを通らなかった。……スベリヒユ（雑草の一種……引用者注）・桑の葉・カボチャの葉などいろいろと食べた。

と言っている（296頁）。

　以上であるが、毎日、昼食に出される豆粕やコーリャン入りのご飯は、私の胃には負担が大きかった。案の定、数日後には、消化不良から腸にガスがたまり、腹部がパンパンに腫れた。このため、医務室へ行き、軍医の診察を受ける結果となり、女性看護師（当時は看護婦と呼称）の前でたいへん恥ずかしい思いをした記憶がある。慢性的に胃弱だった私に完治などありえず、その翌日からは毎日弁当持参で出勤した。このようなわけで、私は通勤不可能な場所への出動は完全に不可能で、自転車で片

道30分前後の三軒屋への出動は、常時、火薬という危険物を取り扱う場所ではあるが、不幸中の幸いだった、と言える。

　そして、時たまおやつが出たが、同僚の１人は「ある日のおやつに、つゆのかかっていないうどんが出たのが今も忘れられない」とアンケート用紙の自由意見欄に記入している。おそらく塩をふりかけ、水を注いで食したのであろう。私は胃弱のため、間食をしなかったので、その記憶はまったくない。

　⑨　学徒に厳しかった部隊長

　部隊長は陸軍少佐（氏名は記憶していない）で、時々、私たち学徒にも厳しく当たることがあった。例えば、使用した道具類（防空壕を掘るために使ったつるはしやスコップ）を洗わずに器具庫へしまっていたり、作業時間中に腰を下ろしていたりすると、その場できつく叱られた。というよりは怒鳴られた。また、何らかの問題や事故が発生した場合、その責任はすべて私たちにあるとした。例えば、頭上から何かが落下してきて、あるいは板に出ている釘を踏んで怪我をした場合等、その原因はすべて私たちの不注意にあるとした。

　このようなことから、極めて稀ではあるが、母校の内山正一大佐の三軒屋部隊来訪がとても嬉しかった。部隊長（少佐）が大佐に対して、より早く直立不動の姿勢をとり、挙手の礼をするのが、たいへん小気味よく感じられ、またそれを見て溜飲の下がる思いがしたからである（ただし、これらは私の単なる空想だったかもしれない）。この点はともかく、部隊長の厳しい躾（？）を、私は今も守り、たいへん注意深く農業の真似ごとをし、また農具類は必ず洗って小屋にしまっている。

そして部隊長は、空襲警報が出ると、いち早く佐官級乗用車で、廠内の奥の方へ移動した。これにより、彼を私たちは一番早く逃げる卑怯者とけなしていたが、彼の名誉のため、一言述べておくと、彼は、おそらく司令塔へ移動していたのであろう。そうであれば、そうと私たちに前もって知らせておけば、不名誉な誤解など招かずにすんだのではあるまいか。

　部隊長の我々に対する厳しさは女生徒に対しても同様だった。このことは、当時、高女生で、三軒屋部隊に動員されていた林和子が岸本　徹編『岡山戦災の記録』１（1973年８月）の中に「乾いた青春」と題して、

> 　勤務に対する、今でいうアンケートの提出を求められ、ギリギリの線で訴えた数ケ条に対する回答は、一堂に集められた数百人の女子学生に対して、この重大な時局に不満をいうとは何たる非国民かと、満面朱を注いだ部隊長の怒声であった

と記しているところから見ても明白である（６頁）。「非国民」とは何と懐かしい言葉であろう[14]。しかし、人権や人格を無視した断じて許しがたき暴言と言わざるをえない。

　女生徒に対する質問の内容は知りえないが、「お国に捧げる命、鴻毛よりも軽ろし」と洗脳され、また戦陣の華と散ることこそ我ら男児の本懐、と少なくとも表面的には心得るに至っていた私たち男子生徒に対しても、同様の意見が求められれば、多くがきっと部隊長を心底随喜させる回答となっていたかもしれない。

⑩　終戦の日

　真夏の太陽がかんかんと照りつける1945（昭和20）年8月15日の正午、私たちは昼食をとる場であり、また休憩室でもあった実にお粗末な建物の前へ集合して、玉音放送を聞くこととなった。放送のあることは、当日の朝、予告された。最後の1人まで勇敢に戦ったのち、全員玉砕せよとの天皇陛下直々の命令なのか、それとも無条件降伏受諾の宣言なのか、いったい、どちらなのか、すごく不安で、作業現場に出ても、浮足立ち、仕事はまったく手につかなかった。

　玉音は極めて雑音がひどく十分には聞き取れなかった。しかし、どうやら、降伏宣言らしいということは薄々分かった。その途端、今まで丸1年間、学業を放棄して、ひたすら勝利を信じ、厳しい寒暑も厭わず働いてきた結果が、これなのかと思うと、たまらなく情けなくなった。また得体のしれぬ不安感にも襲われた。終戦の詔勅については、文藝春秋編『終戦の証書』（文藝春秋社　1995年8月　6〜14頁）を参照されたい。

　その後、退廠式（もしかすると、解散式）があったか否かは定かでない。あっても実に簡単なものだったように思う。いずれにしても、部隊長は2度と私たちの前に姿を見せなかった。かわって、担任教師から慰労の挨拶があり、半月後には2学期の授業開始との伝達があった。

　丸1年間の学業放棄により喪失したものが、学園復帰後、どのように取りもどされるのか、また敗戦後次々に明確化する、凄まじいほどの価値観の変化——これを西羽　潔は「えらい人の言うことが信じられなくなった日」と題する文章の中で「コ

ペルニクス的価値観の転換」(瀬戸龍哉編『むかし、みんな軍国少年だった』G.B. 2004年9月 183頁)と評している——が、果たして私ごときに理解できるのか、不安は絶えなかった。しかし、それと同時に2学期開始までの半月間、解放感や安堵感が日増しに増大していったのも事実である。

(4) 私たちの体験しなかった問題

動員期間中、確かに私たちは種々の問題や事柄を体験した。しかし、私たちと異なる職場では、私たちが体験しなかった、あるいは知りえなかった問題や事柄が多々あったはずである。すでに見た長時間労働や深夜作業もその1つと言えよう。さらに多くの文献や資料に当たり、また聞取り調査を進めることによって、それらは確実に明確化しうるであろう。しかし、今の私に、それは不可能である。したがって、ここでは、それらが比較的まとまった形で示されている文献から引用して示すこととする。依拠するのは主として『16歳の兵器工場』および『女学生の太平洋戦争』の2冊で、文中では前者を『兵器工場』、後者を『太平洋戦争』と略し、最後に、やや特殊な事例を2、3追加することとする。

① 将校たちの醜い一面

出嶋(旧姓篠原)素子「ほめられなかった16歳の記録」(『兵器工場』21頁)

「将校用のメシなんて、まずくて食えるか」と公務出張の許可証で外出して、白米を買い、自分だけで食べている

将校のいることも知った。自分の父親ほどの徴用工を、マッチを貸さなかったといって、殴ったりけったりして、血だらけにしている将校もいた。朝鮮人が馬小屋のようなバラックに、バラ線（有刺鉄線のこと……引用者注）で隔離されて、働かされている姿もみた。

　全員が厳しい環境下にある時、身分や地位を利用して、欲しいままに行動し、また弱者を苛める許しがたき行為と言わざるをえない。

② 手紙の検閲

　　佐藤（旧姓臼田）みつよ「格子なき牢獄」

　　当時手紙の内容は制限され、検閲もあった（『兵器工場』56頁）と言っているが、『太平洋戦争』にも同様の事例が示されている（227頁）。人権を無視した許しがたき行為と言わざるをえない。ただし、軍隊では手紙の検閲は当然のごとく行われていたのではあるまいか。

③ 献立に見られる差別

　　田村（旧姓柳沢）いくよ「寮生活あれこれ」（『兵器工場』64頁）

　　ある日のことです。ぼつぼつ夜勤の仕事も終りになる時間でした。私の旋盤の前を、食堂のリヤカーが通りました。どなたが食べられるのかわかりませんが、もう何か月ものあいだ見ることさえもできなかった卵やリンゴや青い野菜に、何もまじっていない真白い御飯、思いがけないような立派な食事が運ばれていくではありませんか。私は一瞬、

自分の目をうたがったほどでした。卵がやたらと大きく見えてしまいました。工場の食事にこれほど上下の差があるとは、思いもかけないことだったからです。

 もちろん、運ばれていったのは下級兵士や下士官の食事ではなく、将校用のものだったに違いない。学徒や下級兵士が犠牲になり、その分、将校連中が良い物を食していたのだ。しかも、同様の事例は鷹来工廠に限らず、全国どこでも見られたのではあるまいか。
 ④ 卑劣な男性教諭
　　関口（旧姓徳永）多津子「呪われた学徒動員の日々」
（『兵器工場』164頁）

　　生理日の汚れ物をかくれて洗っているところへ来て、しげしげとのぞく先生。病人や外出者の食事を数人分もひとりで召しあがってしまわれる先生。

 これらに対しては、全く軽蔑すべき卑劣な行為としか言いようがない。それでも教師なのか、元同業者として恥ずかしい思いがする。
 ⑤ 動員学徒に暴力をふるう兵士
　　福田（旧姓井出）光子「兵器工場で迎えた卒業式」（『兵器工場』185〜186頁）

　　忘れられないのは、ただ一度、小牧中学の生徒数人が、サボタージュか何かを理由に往復ビンタをやられた時のことである。……この時、私は、その場にいたたまれず、黙って席

を立っていった。戻ってくると、あとには鼻血が、おびただしく残されていた。鼻血は真後ろにあった書類戸棚にまで飛びちっていた。

旧日本軍人の横暴さの一端がここにもうかがえる。相手は無抵抗の少年なのだ。

⑥　女性の羞恥心を逆撫でする身体検査
　　佐々木（旧姓山下）都「あの日16歳」（『兵器工場』112頁）

　身体検査は8か月の鷹来生活の間に二度しかなかったが、その最初のときのこと。テントでかこみがつくられただけのかんたんな部屋へ3人ずつはいって体重と胸囲をはかった。上半身裸で、若い軍医さんが3人もいるところで、裸をみられた。胸をかくそうとすると「ここは軍隊と同じだぞ！　恥ずかしいなんていっていられるか」と、情け容赦もなかった。1人がテントから出ると1人がはいる、というやり方で、テントの中にはいつも3人はいっているようになっていた。アイウエオ順で、私は一番あとだった。野沢高女のあとは、小牧中学の生徒だった。私は男生徒と一緒になるのを拒んで、軍医さんに「学校別に間をとってほしい」と申し出た。が、「軍隊に、男も女もあるものか」ととりあってくれなかった。テントの中が私と美代子さんだけになった。「次ィはいれ！」と兵隊さん、一瞬身をかたくする美代子さんと私。このとき「待ってやって下さい。」といって、小牧の生徒ははいってこなかったのである。「何ィ？　貴様、生意気だぞ！」という声がして、パンパン

と往復ビンタが頰に鳴る音がした。私は計り台の上にいて、じっと目を閉じていた。「ごめんなさい。私たちのためにいたい目にあってしまって……」。そう心の中でおわびをしながら──。さわやかな感動が私をつつんだ。うれしかった。

権威を笠に着て弱い者に威張るとともに女性の人格を無視した卑劣な言動としか言いようがない。鷹来工廠に女性看護師はいなかったのか。

いずれも許しがたい事柄ばかりである。たとえ戦時中とはいえ、人権や人格の軽視あるいは無視、実に甚だしいと言わざるをえない。これが戦時中の日本陸軍あるいは男性教師の実態だったのだ。ただし、彼らの全員がそうだったとは言えない。立派な者もいたはずである。小牧中学生の軍医に対する態度、実に天晴れと言いたい。

なお次の3例は、女性特有の問題のため、男性が気付くよしもないが、思春期に到達した少女らの人格あるいは人権無視から生じた重大問題の一つと言って、決して過言ではあるまい。

① 上田高女生だった関　幸子は「紺絣(こんがすり)の青春」(『太平洋戦争』)と題する文章の中で、

> あのこと……それは生理のことなのです。学徒動員中、何が一番辛かったかと問われれば、やはりこのことですと答えるでしょう。……私がその場（作業現場……引用者注）にいないと能率がそれだけ低下することは間違いありません。その私がお手洗いにばかり立って行ったのでは、先生や指導員に小言を言われるのは当たり前です。「また、手洗いか？」

戸口へ向かう私に、背中から追いかけて来る先生の声は、「この非常時に、お前の態度はもってのほかだ。いい加減にせい」ということなのです。サボリたくて抜け出すとでも思っていたのでしょう。（先生に何がわかる。女の身体のことなんか……）私は先生のたび重なるこうした注意にますますいこじになっていきました。素直に「生理中です」の一言が気恥ずかしくもあり、周りの目も手伝って言えなかったのです。当時は、生理帯の材質もろくな物でしかなく、脱脂綿も店からは姿を消し、漏れを防ぐための油紙もない状態の中では、たびたび、お手洗いに立っては、小まめに交換するしか、私には方法がなかったのです。……
　特に夏は薄着でしたので、私は気を使いました。従って手洗いに立つ回数も多く、先生や指導員に睨まれるたびに、女である自分の身体を疎ましくさえ思いました

と言っている（106〜107頁）。
　生理日に関する女性特有の悩みは、男性の私には分かりかねるが、上記事例は、戦時中の思春期女性が味わった問題中、特に大きな問題の一つだったのではあるまいか。
　関　幸子の文章を読み、思い出したのは、『アンネの日記』（文藝春秋社　深町眞理子訳　2003年4月）の1942年11月2日付の欄で「もうじき初潮があるかもしれない……とっても重要なことらしいので、始まるのが待ちどおしくてなりません。ただひとつ困るのは生理用ナプキンが使えないということ。いまではもう手に入りませんし」と言っている点である（109頁）。両例ともにう

ら若い女性が生理に関して戦争の犠牲になった事実を端的に示しているのではあるまいか。

② 長野県師範学校女子部予科生だった中澤佐喜子は「学徒動員の前後のことなど」と題する文章の中で、

> 明日、勤労動員で種畜場へ農作業に行くという時、生理日となりました。めん羊の放牧場を開墾した広い農場には、後架(こうか)(当時の師範では便所をこう呼んでいた)がありませんでした。戦争で物資は乏しく、すでに脱脂綿は手に入らぬ状態でした。わずかなちり紙、家からの小包の中の古新聞を手でもみ、脱脂綿のかわりに使っていました。
>
> じゃが芋掘りをしていた私は、出血が気がかりでがまんの限界に達しておりました。ようやく小休止となって、一目散に畑の中を駆け抜け、やぶの中に身を隠しました。新聞紙のナプキンを取り替えて、汚れた方は木の根元を掘って埋めました。この姿を見られたくないとの思いで心臓が破れるかと思うほどドキドキしていました。女の生理の哀しさを初めて味わいました。
>
> 寮生の中には、古シャツなどを長方形に裁ち切った木綿地を脱脂綿がわりとし、使用後は密かに洗濯場で洗って乾かし、何度も使っている人もありました。しかし私には、そうする布さえありませんでした。「欲しがりません勝つまでは」の標語が、徹底して吹きこまれていた私たちでした。

と言っている(『太平洋戦争』281頁)。

中澤の文章を読み、かつて農家の結婚難問題に取り組んでい

た頃、田畑にトイレの無いことも、当該問題を深刻化している理由の1つと、全国農業会議所発行の小冊子（5冊中の1冊）に書いたことを思い出した。ともに女性の人権軽視に由来する重大問題と見て誤りはあるまい。今もなお、催し物などがあった時、各地で見かける女性トイレ前の長蛇の列も類例の一つと言えよう。

③ 伊那高女生だった塩沢美知子は「必勝を信じて労働生活」と題する文章の中で、

> そのうえ私は生理が始まったばかりで、厳しい労働のせいか出る量が多くて、野っぱら（高台の原っぱで唐鍬をふり上げて木の根っこを掘ったり、芝を張る作業をしていた……引用者注）ではその始末をする場所がなく、右往左往して何とかなったのだが、あんな困ったことはなかった。悲しい辛い思いをしながら、それでもお国のためと純粋に考えていたのか休むことをしなかった。

と言っている（『太平洋戦争』362頁）。

気配りの十分な女性教師が、なぜ、作業現場に付き添っていなかったのか、不思議でならない。女学校なら、戦時中でも女性教師は複数勤務していたのではあるまいか。このような場合、男性教師は何の役にも立たないのだ。

同じ書物『女学生の太平洋戦争』に示される人道上許しがたい、しかも私のまったく知らなかった問題をもう2例示しておこう。木曽高女生だった田垣すみ子は「命の今日をあだにすぐさじ」と題する文章の中で、

ここ（ダムの工事現場……引用者注）で働いていた男子学徒の証言によると、寒い時、着るものも不足し、こもをかぶり空腹でふらふらとはだしで働いている工事現場の中国人たちをむちでたたいている作業員をよくみかけたそうです。ただ一度の人生なのに異国に連れてこられてむごい仕打ちを受け酷使され、果ては亡くなったかと、改めて戦争の無惨さを思わずにはいられません。

と言っている（306頁）。また、「韓国や中国人慰安婦強制連行問題等で……現在なお苦しんでいる人々のいかに多いことか。……」とも言っている（307頁）。

　そして次は、動員先ではなく、学校内であった問題であるが、岡山県立一女の菅　泰子（1949年卒）は、題名無しで

　　食糧難時代、圧倒的に多い"授業"は、農業と防空壕掘りでした。運動場はだんだん潰されて畑になり、麦や芋類を栽培したのですが、長年無数の大根足でカチカチに固められた土を掘返しての畑作りは、少女の腕に余る重労働でした。さらにいやなのは肥桶かつぎ、市中へ馬糞拾いに出たことも一再ではありません。

と言っている（操山高校『創立70年史』157頁）。農民でさえ、人糞尿の汲み出しで、経験の浅いうちは、何度も嘔吐をもよおすと聞いたことがある。それを1年生や2年生の高女生（こんにちの中学1年や2年の女生徒）がやっていたのだ。

　人糞尿の汲み出しと運搬は、長野県上田市立高女でも行われ

ていた。1929年生まれの三井みよしは、「5尺の"生命"は」と題する文章の中で、

> 昭和19年、教室での授業は1週間のうち数えるほどになった。「農業は国の母なり」と農業の時間に教えられ、作物を育てる楽しみを味わったが、肥料がなかった。肥料は学校から出る下肥であった。学校から1キロくらい離れた畑に野菜などを作り、2人1組になって下肥桶を天秤棒で担いで行き作物に与えた。だれ1人として不平を言わなかった。

と言っている（『太平洋戦争』125頁）。

ちなみに、下水道の整備されていない時代の農家は、すべてが自家の排泄物を便所から汲み出し、野つぼに運んでいた。さらに近郊農家は、多くが排泄物の汲み取りに市内へ出掛けていた。女性のみの家庭では、やむをえず女性がやる（他家の男性に依頼する場合があったかもしれない）が、町肥の汲み取りと運搬はすべて男性がやっていたように思う。

（5）異常化した動員学徒の卒業式

母校で1年先輩の室山貴義は、すでに紹介した「播磨地獄」と題する文章の中で、まったく異常化した卒業式について、

> 私たちの卒業式は、戦況も悪化した昭和20年の3月、寮の食堂の土間で挙行された。20年3月の卒業は、従来どおりの5年制で卒業した学年と、播磨で過した私たちのよう

に4年で卒業した学年とがあった。従って1年上級生と一
　　緒に卒業した私たちは、遂に最上級生にはならずじまい
　　だったが、そんなことはどうでもよかった。とにかく地獄
　　で1年と少々を過した私たち4年生は、後輩も来賓も父兄
　　もいない薄暗い食堂で、ひっそりと卒業した。

と言っている（『百年史』181～182頁）。

　次は岡山県立瀬戸高女の場合であるが、1988（昭和63）年8月6日の会合で、卒業生の1人（氏名不詳）は、

　　この学年は動員9か月後の昭和20年3月30日工場を背景
　　に卒業写真を写し、31日寮の近くの青年学校講堂で他校の
　　生徒と共に合同の卒業式を挙げた。しかし国の政策によっ
　　て多くの生徒は郷里に帰ることなく、引続き『工場』での
　　勤労動員についている。

と語っている（『創立80年史』88頁）。この卒業後の継続動員について、岡山朝日高等学校『教育史資料』第3集は「卒業生は、一中は実務科、二女は専攻科の名称で、動員を継続させられた」と言っているが（23頁）、この呼称は全国すべての中等学校に共通していたのではあるまいか。

　そして次は、野沢高女の場合であるが、元生徒や校長は前掲書『16歳の兵器工場』の中に卒業式の模様を次のように示している。

　まず、佐々木（旧姓山下）都は「あの日　16歳」と題する文章の中で、

　　昭和20年3月27日、その日は母校から中村校長先生が、

事務の先生をお供に、トランクに卒業証書をつめて鷹来まできて下さった。机も椅子も、ましてかざりもの一つない建物の中で、夜勤を終えた組と、昼勤に出かけていく組の人たちがその時だけ一堂に集っての卒業式。代表者に卒業証書が手渡されただけの、来賓といえば、たった1人サーベルをもった少佐殿で、祝詞も少佐殿が、むやみに忠君愛国の精神をのべただけのものだった。

と言い（125頁）、次に広岡（旧姓小林）克代は「『産業戦士』の1員として」と題する文章の中で、

　戦局が重大になったといっても、わたしたちにはさっぱりわからなくなっていた（言論や報道が厳しく統制されていたため……引用者注）。冬が去り、鷹来も早春になった。形だけ女学校と別れる卒業の時がきた。1日だけ制服を着用したわたしたちは、前代未聞の卒業式を工場であげたが、卒業後の身の振りかたは自由というわけではなかった。

と言っている（133頁）。
　また、福田（旧姓井出）光子は「兵器工場で迎えた卒業式」と題する文章の中で、

　昭和20年3月27日。卒業式は、工場の殺風景なバラックの講堂で行なわれた。……動員されていらい、柳行李の底にしまいこんで着ることもなかった制服を引っぱり出し、靴のカビを落として正装したものの、卒業式を迎える感慨は起こらなかった。剣を吊した軍服の所長と、同じ班の工場長の2

> 人が来賓として出席し、戦意昂揚の祝辞で卒業式は始まった。その朝、雪の信州からゴム長靴姿で卒業証書を持ってここに着かれた中村校長が、卒業生総代に、「右者、本校正規ノ課程ヲ修了シ……」と読み上げて、卒業証書を渡した。「仰げば尊しわが師の恩」という歌の歌詞には、「身を立て名を上げ、やよ、励めよ」という一節に戦時らしからぬ利己的なところがあるからということで、「花かおる、学びの庭にわかれゆく、門出のあした、思い出は、胸にあふれて」という歌にとって代えられた。在校生から見送られるわけでもなく、見守る父兄もいない。何が「正規ノ課程ヲ修了シ」か！……と、みんな言うべき言葉もなかった。

と式の模様を具体的に示している（176頁）。なお、内藤（旧姓桜井）光子は「空襲の中で聞いた父の玉砕」と題する文章の中で「海ゆかば」を歌っての卒業式だったと言っている（243頁）。

そして、同校元校長・中村忠雄は「学徒勤労動員の回想」と題する文章の中で、

> ついに卒業式にも帰校させてもらえず、式は製造所内で挙げることになった。翌日、所内の一つの建物のなか——ガランとしたコンクリートの床があるだけで坐る椅子もなく、ただステージの上に粗末な卓が一つ置いてあるだけの室——に、夜勤が終わって疲れの見えるさえない顔の生徒たちが立ったまま整列し、校長が証書を授与した。来賓は製造所長の野村容道少佐ただ１人だった。まことに異様な卒業式風景で、生徒には気の毒でしかたがなかった。しか

> も空襲の合間をみての挙式であるため、できるだけ早く切り上げて、次の作業までのあいだ生徒に睡眠をとらせなくてはならない。生徒たちは黙りこくって一言もしゃべらず、静かに式場を去って寮へ引き上げていった。昭和20年3月27日のことであった。

と言っている（266頁）。

　なお、次は愛知県の場合であるが、『愛知県第一高等女学校史』に、

> 　校舎を失った県一高女は、いろいろな不便を忍ばなければならなかった。まず卒業式をどのように実施するかが問題であったが、3月28日に動員先の名古屋陸軍造兵廠熱田製造所で、5年生と4年生の卒業式を行うことになった。山崎校長から各学年代表が卒業証書を受けたが、準備されていた証書は3月12日の空襲で焼失したので、この日はわら半紙に謄写刷りの証書が渡された（証書は後日、正式に再発行された）。……熱田製造所長からも、工場側の代表者として、祝詞とともに動員学徒としての勤労に対して感謝のことばが贈られた。戦時下のことでもあり、『仰げば尊し』の代わりに『海ゆかば』を2回斉唱して式は終わった。……式が終わって各自の職場へもどろうとする頃、警戒警報が発令された。

と記してある（322、323頁）。また、『享栄学園70年史』は「5年生は愛知製鋼知多工場の食堂を式場として卒業式を挙行した

組と、渡辺航空工業の会議室を式場として卒業式を挙行した組との２通りがある」と言っている（177頁）。私たちも卒業式が行われていれば、前記３か所で挙行されていたかもしれない。

　上記５校の事例からまったく異常と見られる点を要約し、箇条書きにして示すと、以下のようになろう。ただし、全部に共通してとは必ずしも言えない。

① 　学校の講堂ではなく、動員先の工場が式場となった。したがって、校舎ではなく、工場を背景とする卒業写真となった。

② 　母校とは異なる別の学校で、しかも他校生徒と一緒の合同卒業式となった。

③ 　机も椅子も、また何の飾りもないまったく殺風景な部屋での卒業式だった。

④ 　同一校の夜勤班と昼勤班が短時間一堂に会しての卒業式だった。

⑤ 　来賓はサーベルを腰に吊した軍人のみで、祝詞の内容と言えば忠君愛国や戦意昂揚に関するものであった。

⑥ 　在校生も保護者も同席しない卒業生らだけの式だった。

⑦ 　柳行李にしまってあった制服を久し振りに取り出して臨む卒業式だった。

⑧ 　「仰げば尊し」ではなく、それに代わる歌か「海ゆかば」を歌っての卒業式だった。

⑨ 　空襲の合間をみての卒業式で、式が終わると、警報が発令されることもあった。

⑩ 　５年生と４年生の同時卒業式だった。

⑪　準備された卒業証書は空襲で焼失したため、わら半紙に謄写刷りの証書が動員先で授与された。
⑫　卒業証書には「右者、本校正規ノ課程ヲ修了シ」とお決まりの、そして虚偽の文言が臆面もなく記されていた。
⑬　動員先が異なるため、同一校の同一学年でありながら、別々の会場で卒業式を挙行する場合もあった。

なお、気になるのは、「海ゆかば」が野沢高女と愛知県立一女の2校で歌われているが、これは両校の動員先がたまたま名古屋陸軍造兵廠（ただし、出動先は異なる）だったことによるのか、それとも、全国の中等学校で例外なく共通して歌われていたのかということである。この点は、さらに多数の文献に当たれば、当然、明白となるが、岡村房子（岡山県立一女　1945年卒業）は「点描」と題する文章の中で「昭和20年3月終り頃、公休日をもらって学校に行き、『海ゆかば』を歌っての卒業式」と書き（操山高等学校『創立70年史』146頁）、また同校同年卒業の花房瑠璃子は「されど懐しき日々」と題する文章の中で「当時敵性音楽とて『蛍の光』や『仰げば尊し』を歌う事は許されず、『海ゆかば』の1曲を歌ってそれに代えた。」と言っている（同『70年史』154頁）。

次は、岡山県立二女の場合であるが、岡山朝日高『教育史資料』第3集の中で、1944年に第5学年だった伊原信子は「翌45年3月私達5回生は"海ゆかば"を歌って卒業した。」と言い（48頁）、また同年に第4学年だった大森和子は「45年3月に、私達4年生は、繰上げ卒業で、5年生と一緒に卒業式をいたしました。その日だけ学校に行きました……『仰げば尊し』も

『蛍の光』も無く、『海ゆかば』を歌って卒業したのです」と言っている（54頁）。なお同年に同学年だった丹上斉子は、「女子師範の旧い講堂で、ほたるの光の歌でなく、『海ゆかば水漬く屍、山ゆかば草むす屍、大君の……』あの歌が私共の別れの歌であった」と言っている（56頁）。

以上は、資料の関係で、すべて女学校の事例となったが、男子中等学校も同様で、全国例外なく、「海ゆかば」をうたっての卒業式だったのではあるまいか。

中等学校ではなく、国民学校の1945（昭和20）年3月の卒業式であるが、生方恵一は「人々の優しさがあった、あの軍国少年時代」と題する文章の中で、卒業式では『蛍の光』も『仰げば尊し』も敵性音楽ということでとりやめ、歌ったのは『海ゆかば』であった」と言っている（G. B.『むかし、みんな軍国少年だった』33頁）。とすると、少なくとも1944年度は、男子中等学校も、国民学校同様、すべてが『海ゆかば』を歌っての卒業式だったのではあるまいか[15]。

注
1) 戦時中、労働力不足がいかに深刻化していたかを、毎日新聞社『1億人の昭和史』[15]「昭和史写真年表」によって見ると、1942（昭和17）年9月22日付「世相・風俗」欄に「農村出身の陸海軍下士官兵は帰郷　収穫の援軍に」（73頁）、1943年6月16日付「社会・事件」欄に「工場就業時間制限令を廃止　婦女子・年少者の鉱山坑内作業の禁止も解除」（76頁）、9月23日付の同じ欄に「女子挺身隊に25歳未満の未婚女子の動員を決定」（78頁）、12月13日付も同じ欄に「年末年始休み廃止を決定」（78頁）、さらに同年の「世相・風俗」欄に「この年　労働力不足で炭坑内で女性も作業　国内産業の担い手が女の

手に」などとある（79頁）。
2) 小学館『国語大辞典』は、国家総動員法について、「1938年、戦時に際し国防目的達成のため、国内の人的および物的資源を統制、運用することを目的として制定された法律。労務、資金、物資、物価、企業、運輸、貿易などについて統制の権限を政府に与えた」と説明している。
3) 小学館同『国語大辞典』は、国民徴用令について「国家総動員法に基づいて、国民を重要産業の生産に従事させるため、軍需工場などに強制的に動員・徴用した勅令」と説明している。
4) 山川出版社『日本史広辞典』は中等学校令についてであるが、「昭和前期の中等学校の基本を定めた勅令。1943年1月21日公布。従来の中学校令・高等女学校令・実業学校令は廃止され、制度上統合された。……修業年限を1年短縮して4年とした……47年の学校教育法制定により廃止された」と説明している。
5) 同僚によると、中学校時代は、2年生の時と3年生の1学期に児島湾干拓地や岡山市西部の出征兵士宅へ、稲刈りや麦刈りに出動している。しかし、1年生の時は行っていない。ただし、この理由は不明である。そして私たちが勤労動員に出たあと、下級生は運動場の畑地化や甘藷作りに従事したようである。

　勤労奉仕について、やや具体的に示されている山陽高女の場合を見ると、同校は、上部からの要請に応じて1938（昭和13）年から勤労作業に従事。夏休みのはじめの1週間をこれに当て、低学年は校内道路舗装、上級生は岡山市津島にあった西部第48部隊で軍服の洗濯やつくろいに従事。ところが、翌年からは奉仕の主流が農作業に変わり、麦藁帽子に手甲・脚絆姿で『勤労奉仕　山陽高等女学校』ののぼりを先頭に、早朝から徒歩で上道(じょうとう)郡内数か村へ出向き、出征軍人・遺家宅族の麦刈り、田植え、稲刈り等に従事。そして1940年秋には上記津島の騎兵隊跡地の割当てを受けて、その開墾とそば蒔きをし、『山陽高等女学校農園』として管理に当たり、翌41年には体育館南の空き地開拓を進めている（同学園『90年史』102〜103頁）。
6) 岡山操山高等学校『創立100年史』（1999年10月）は、

二中では昭和16年校友会は報国会に改組された。さらに、昭和16年8月文部省は学校報国団体制確立方の訓令を発し、学校の軍隊的組織化を進めた。これに即応して、二中でも報国会は報国団に改組されるとともに、全校が指揮系統の確立した編隊に組織された。「報国団および報国隊は、天壌無窮の皇運を扶翼し奉り、尽忠報国の精神に生きる青年学徒を作るために創められた団体組織である。」

と説明している（145頁）。

7) わずか数例であるが、学校工場に関する事例を具体的に示しておこう。最初は瀬戸高女の場合で、前記『創立80年誌』に、

　昭和20年4月1日、瀬戸高等女学校は一部の教室を除いて呉海軍工廠砲熕部光学工場瀬戸作業所（以下「学校工場」と略）となり、その開所式が、山下勝利技術少佐（同砲熕部長代理）、竹内菊雄海軍技術少佐（光学工場主任）が来所し挙行された。この「学校工場」は、海軍の作戦上必須の7倍稜鏡双眼鏡を製産する光学兵器工場であり、昭和20年7月には月産300台を達成、当時月産台数では日本一の工場となった。

と記している。そしてこれには、「当時の瀬戸高女3年生約170人」のほか、広島県から派遣された女子商業学校生や女子挺身隊員も参加している（94〜95頁）。

　次は山陽高女の場合で、同学園『100年史』は、

　1945（昭和20）年4月から、校舎の一部は学校工場に指定され、生徒たちは裁縫教室のミシンをフルに動かして陸軍の防寒帽やシャツの縫製などを交代で行った。やがて講堂に倉敷航空化工の機械類が運び込まれ、学校工場として飛行機製作の一部工程を分担するようになった。

と記している（207頁）。

　なお、岡山県立二中の生徒だった則武真一は前記『戦災の記録』

2の中に「私の中学校は兵舎、工場、学校の三つの役割りをになうようになっていた。……体育館や特別教室には旋盤や工具が持ち込まれ、『学校工場』になった」と記している（65頁）。

　次は愛知県の場合であるが、学校工場は女子中等学校において特に多く導入された。このことは前記『愛知県第一高等女学校史』に「『女子中等学校ニ付テハ可及的工場化ヲ促進シ学校工場一体化ヲ図リ生産即教育ノ実』をあげることを目標として、『学校工場化実施要領』も決定されていた。」と記述されている点から見て明白である（308頁）。事実、学校工場は1945年1月現在、本書の67頁に示したように、女子中等学校において特に多くなっている。なお、参考までに示すと、『愛知県教育史』第4巻は「学校工場で特異な存在は県立刈谷（かりや）高等女学校であった。同校ではすでに昭和14（1939）年から工場化を進め、豊田自動織機製作所から銃剣、航空機部品、自動車部品などの組付け、仕上げの注文をうけていた」と言っている（639頁）。

8）寮生活で、生徒は、いずこも虱（しらみ）に随分悩まされたようである。野沢高女の田村（旧姓柳沢）いくよは「寮生活あれこれ」と題する文章の中で、

　　私たちの班がはじめて風呂場の掃除当番になった時のこと、生まれてはじめてあんなに沢山のシラミの屍を見ました。お風呂のあがり湯の水槽の中に、桶ですくって捨てるほど沈んでいたのです。誰もこんなこととは知らずに洗髪をしていたのかと思っただけで、体じゅうがおかしくなってしまいました。シャンプーとてない時代の、嘘のようなほんとうのお話です。

と言い（『16歳の兵器工場』62頁）、また佐々木（旧姓山下）都は「あの日　16歳」と題する文章の中で「私たちはよく虱にせめられた。お風呂場は虱の在所なのでよほど気をつけていても、誰彼となくしょってきた」と言っている（同書122頁）。

9）小学館『国語大辞典』は、木炭自動車を「木炭を不完全燃焼させて発生した一酸化炭素を燃料として走る自動車」と言い、同僚によ

ると、三軒屋部隊では数台あるトラックのうち、1台のみガソリン車だったようである。
10) 諏訪高女生だった古居まさは「女学生の旋盤工」と題する文章の中で、

> こんな勤労一途の生活の中で私たちの楽しみは週に1、2度あった音楽の時間で、「花」「荒城の月」「野ばら」などの愛唱歌のほかによく歌ったのは軍歌です。戦意昂揚のため次々に勇ましい軍歌が発表され、ラジオから流れてきました。予科練の歌（若鷲の歌）、愛国行進曲、落下傘部隊の歌（空の神兵）、太平洋行進曲等数え切れません。これらの戦闘意欲に満ちた歌の中で私が好きだったのは、「麦と兵隊」でした。「徐州徐州と人馬は進む、徐州居よいか住みよいか、洒落た文句に振り返りゃお国訛(なまり)のおけさ節、髭(ひげ)が微笑む麦畑」この歌には優しさ、哀愁があり、荒みやすい15歳の少女の心を捕えました。

と言い（『女学生の太平洋戦争』321頁）、また岡谷高女生だった田中満枝は「ベニヤ板の飛行機燃料補助タンク」と題する文章の中で「それ（楽しみ……引用者注）は今の若い人と同じで音楽です。でも世の中には軍歌しかありません。だから軍歌に夢中になりました。……」と言っている（同書345頁）。

そして、豊科高女生だった松原澄子は「埋没できぬ過去のために──青春のレクイエムたりうるか」と題する文章の中で記憶にある歌として、歓呼の声、軍国の母、月の塹壕(ざんごう)、必勝歌、仰ぐ軍功、若鷲を慕いて、切り込み隊、神風特攻隊、ラバウル海軍航空隊、神風節、九段の母、北満便り、君こそ次の特攻隊、戦闘機のりは、突撃ラッパ鳴り渡る、雷撃戦、1億特攻隊の歌、守備兵節……明日はおたちか、バタビヤの夜は更けて、熱砂の誓、小太刀を使う女、軍国子守唄、女性の覚悟、故郷の空、兄は征く、白衣の春雨、乙女の戦士、有難うご苦労さん、白百合の花、愛国の花などを挙げている（228頁）。

なお古茂田信男・島田芳文・矢沢　保・横沢千秋編『日本流行歌

史』〈戦前編〉（社会思想社　1981年1月）により、戦時中大流行した軍国歌謡および戦意喪失を招くとの理由で発禁処分などを受けた流行歌を見ると、前者には、露営の歌、上海だより、愛国行進曲、麦と兵隊、日の丸行進曲、父よあなたは強かった、空の勇士、燃ゆる大空、兵隊さんよありがとう、暁に祈る、愛馬進軍歌、空の神兵、海の進軍、月月火水木金金、同期の桜、加藤隼戦闘隊、大陸行進曲、太平洋行進曲、ああわが戦友、出征兵士を送る歌、九段の母、若鷲の歌、撃沈、そうだその意気等があり、後者には、忘れちゃいやよ、裏町人生、湖畔の宿、雨のブルース、別れのブルース、支那の夜、旅の夜風（愛染かつら）等がある。ちなみに、当時、「庶民の心の歌」として流行した歌には、誰か故郷を想わざる、めんこい仔馬、チャイナ・タンゴ、純情二重奏、新妻鏡、目ン無い千鳥、勘太郎月夜、お使いは自転車に乗って等がある（114～145頁）。そして同書に「音楽も戦争の武器」と記されているが（123頁）、軍歌が大流行するような時代の再来は絶対に阻止しなくてはなるまい。

11）元野沢高女生・小山（旧姓堀籠）小夜子によると、洗顔後の朝礼では「宮城遙拝、皇大神宮遙拝、大東亜戦争必勝祈念。そして故郷の父母に対し感謝の黙祷」等が行われたようである（『16歳の兵器工場』79頁）。ただし、毎朝なのか、それとも特定の日のみなのかは不明である。

12）小学館『国語大辞典』はもんぺを「はかまの形をして足首のくくれている、ももひきに似た形の衣服」と言っている。

13）毎日新聞社『1億人の昭和史』の1944年2月8日付「世相・風俗」欄に「女学生の戦時型服装制定」とある。若干ではあるが、実態を見てみよう。最初は岡山県・山陽高女の場合で、同学園『100年史』に、

　　工場動員の生徒は、鉢巻に手製の白いへちま襟の作業用上衣、もんぺ、多くは下駄ばきという服装で色とりどりだった。そこには華やかさなどというものは見られなかったが、生徒たちはふとした端々にちょっとした工夫をこらして若い女性らしく粧うの

だった。往復には手製の防空頭巾と大豆・煎り米の非常食に三角巾など救急用品をつめた手製の布かばんを肩に掛け、血液型と住所氏名を記した名票を胸につけた。時折り学校に行く時だけ、制服の上着を着用していた。

と記している（205〜206頁）。

また瀬戸高女の場合は、前記『創立80年誌』に、

昭和17年4月入学生からは全員へちま襟の白カバーをつけた統一制服となっている。スカートはセミタイトで襞(ひだ)なし裾開きで、床上約30センチとなっていた。またこの頃より赤い鼻緒の下駄をはいて登校するようになり、18年よりはスカートからモンペに変わっていった。

と記している（84〜85頁）。

なお、野沢高女の場合を見ると、田村（旧姓柳沢）いくよは「寮生活あれこれ」と題する文章の中で、

木綿の紺がすりとか、木綿の縞でつくった作業服を着て、モンペをはいて、しかも下駄をはき、それでさっそうと歌をうたいながら工場へ出勤して行ったのです。12時間の労働を下駄ばきでするのですから、はじめなれない頃は、たいへんな疲れようでした。夜中に何度も何度もケイレンが起き、その痛いことといったらありません（その痛さは経験者でないと分からないであろう……引用者注）。……靴は外出用として大切にし、ふだんは大抵の人が下駄をはいて、通学も出勤もしたものでした。作業服は……どこの家でも母親たちが、みな自分の着物でつくってくれた……セーラー服は、ほとんど着ることがなくなってしまいました。

と言い（『16歳の兵器工場』61〜62頁）、三石（旧姓鈴木）なおは「夜勤、そしてセーラー服」と題する文章の中で「セーラー服を着たくとも着られなかった私たちの乙女の時代。国民服や作業服での学生生活」と言っている（146頁）。今日では想像もできないことである。

14) 非国民呼ばわりはいろんな場合に見られた。1例を挙げてみよう。野沢高女生だった広岡（旧姓小林）克代は「非国民といわれて」と題する文章の中で、

> 原因不明の腹痛で医務室へ通うことが多く、これが作業成績の低下につながり、友だちの冷たい目を一身にうけてしまい、「病気になるなんて精神がひったるんでいるからだ。みなが働いているのに、よく平気でねていられたもんだ。非国民！」とずけずけ言う友もあった。

と言っている（『16歳の兵器工場』130頁）。戦争は純真な乙女心を、そこまでも卑屈化したのである。情けなく、また残念でならない。

15) 鳥居　民は、その著『昭和二十年——女学生の勤労動員と学童疎開——』（草思社 1994年1月）の中で

> 振り返ってみるなら、学校から催しという催しがいつしか消えてしまい、運動会も、修学旅行も、音楽会も、展覧会もなくなってしまい、入学式と卒業式のほかは、壮行式、壮行会だけが幅をきかすようになってしまっている。……じつはいつからか、式典で、集会で、「君が代」とともに「海ゆかば」が歌われるようになっている。……壮行式で「海ゆかば」が歌われるようになったのは、政府の指示があってのことであるのはいうまでもない。

と言っている（19頁、21頁）。

第4章

米軍機（B29）の岡山市空襲

(1) 米軍機空襲の激化と全国化

朝日新聞社『戦争と庶民』1940-49 ③「空襲・ヒロシマ・敗戦」（1995年5月）掲載の「日本空襲年表」によると、米軍機の本土空襲は、1942（昭和17）年4月18日をもって嚆矢とする。そして、この時は東京や名古屋など大都市や工業都市が攻撃対象となった（128頁）。なお中日新聞本社『空襲の記録』（1975年8月）によると、その時、襲来したのは米空母ホーネット発進のB25爆撃機16機で、このうち、2機が名古屋市上空に飛来した（78頁）。

その後、1943（昭和18）年と翌年前半は空襲皆無で、1944（昭和19）年6月16日に再開された。そして東京空襲を記録する会『東京大空襲・戦災誌』第2巻（1975年3月）は、米軍機の東京空襲を「爆撃の戦略的性格」により、大きくは3期に区分している（12頁）。これを要約して示すと、以下のようになる。

第1期

期間……空襲が本格化する1944（昭和19）年11月24日（6月16日から11月23日まで東京の空襲はなかった。この間は主として北九州が攻撃対象となった）から1945（昭和20）年3月5日までの間。

特色……目視による主として軍事施設や軍需工場を目標とする高々度昼間精密爆撃だった。

第2期

期間……東京大空襲があった1945（昭和20）年3月10日から5月中旬までの間（ただし、4月24日から5月18日まで東京の空襲はなかった）。

特色……B29の夜間超低空での焼夷弾投下を主とする工場地帯や住宅密集地の無差別爆撃だった。

第3期

期間……東京山の手地域の大空襲があった1945（昭和20）年5月24日から終戦の日まで。

特色……B29の焼夷弾攻撃にP51戦闘機の機銃掃射が加わり、東京都空襲の"総仕上げ"の時期となった。

このように、3区分されてはいるが、厳密な時期区分は不可能らしく、「第1期にも夜間の焼夷弾攻撃は少しはあったし、第2期や第3期にも昼間に高々度から軍事施設に対する精密爆撃もあった」と付記されている（前掲書13頁）。

そして全国の被爆地数と回数は、表4－1のように、1944（昭和19）年11月以降、すなわち、終戦の前年後期以降急増し、翌年3月以降は激増している。しかも、上記年表に空襲の全部が遺漏なく網羅さているとは言えない。これは「1945年の基地空襲や小規模空襲で一部省略があります」との断り書きが付されている点から見ても明白である。

次は、巨大都市・名古屋が位置するとともにわが国の兵器廠あるいは軍需産業集中地域とも言われた愛知県を目標とする空

表4-1　全国の被爆地数と回数

年月日	被爆地数	被爆回数	被爆3回以上の都市等
1942年4月	6	1	—
44年6月	1	1	—
7月	2	2	—
8月	2	5	—
10月	2	2	—
11月	5	7	東京（3）
12月	6	19	東京（12）、名古屋（3）
45年1月	4	9	名古屋（4）、東京（3）
2月	9	20	東京（4）、浜松（4）、横浜（3）、太田（3）
3月	21	30	名古屋（4）、神戸（4）、東京（3）
4月	9	16	東京（6）
5月	15	27	東京（4）、横浜（4）、川崎（3）、浜松（3）
6月	38	62	神戸（5）、大阪（4）、浜松（4）、北九州（3）、高知（3）
7月	83	178	東京（10）、神戸（9）、大阪（5）、横浜（5）、浜松（5）田辺（5）、宇部（5）、宇和島（5）、北九州（4）、青森（4）、高松（4）、名古屋（3）、八王子（3）、立川（3）、熊本（3）、四日市（3）、和歌山（3）、豊中（3）、高崎（3）、大垣（3）、川内（3）、新宮（3）、知覧（3）、西之表（3）
8月	62	90	東京（7）、神戸（6）、横浜（3）、頴娃（3）

資料：朝日新聞社『戦争と庶民』③　1995年5月　128頁
注：括弧内の数値は被爆回数

襲であるが、中日新聞本社『空襲の記録』（78～79頁）の「愛知県下の主な空襲」によると、最初は、既述したように、1942（昭和17）年4月18日で、この日は名古屋市で3人が死亡している。その後、しばらく中断し、1944（昭和19）年12月13日に再開される。これ以降、1942（昭和17）年の場合を含めて、名古屋市は、表4－2のように、大小34回の空襲を受ける。飛来機数は「約」と記されている場合を含めて、B29が2,035機、P51が100機、B25が2機で、1日で最多の1945（昭和20）年5月14

第 4 章　米軍機（B29）の岡山市空襲　129

表4-2　愛知県に対する空襲

年　月　日	時　間	被　爆　地	飛来機数	爆弾等の種類	死者数	空爆の主な対象
1942年4月18日	13時30分頃	名古屋市	B25 2機	？	3人	三菱重工業名古屋発動機製作所と市街地
44年12月13日	13時50分頃	〃	B29約70機	爆弾と焼夷弾	330人	三菱重工業名古屋航空機製作所と市街地
18日	13時頃	〃	〃70機	〃	334人	三菱重工業名古屋航空機製作所と市街地
22日	昼過ぎ	名古屋市と周辺町村	〃50機	焼夷弾	―	三菱重工業名古屋発動機製作所と市街地
45年1月3日	2時46分	名古屋市	〃70機	〃	70人	市街地
4日	未明	〃	〃1機	？	4人	〃
8日	1時20分	〃	単機	焼夷弾	1人	〃
8日	21時37分	〃	〃1機	〃	1人	〃
9日	0時38分	〃	〃1機	〃	1人	〃
9日	13時30分	〃	約20機	爆弾	2人	〃
14日	14時50分	〃	約60機	？	94人	三菱重工業名古屋航空機製作所と市街地
16日	2時と19時過ぎ	〃	〃1機ずつ	？	1人	市街地
23日	5時20分	〃	単機	爆弾	23人	〃
23日	14時50分	〃	〃70機	爆弾と焼夷弾	125人	三菱重工業名古屋発動機製作所と市街地
24日	0時30分	天白村（現天白区）	単機	爆弾	7人	村落
25日	21時40分	名古屋市	単機	〃	4人	市街地
2月12日	0時40分	〃	〃1機	〃	28人	〃
15日	14時過ぎ	〃	約60機	爆弾と焼夷弾	61人	三菱重工業名古屋発動機製作所と市街地
3月4日	7時26分	〃	〃1機	爆弾	1人	市街地
5～6日	23時35分	〃	〃12機	〃	2人	〃
12日	0時25分	〃	〃200機	焼夷弾	519人	〃
13日	昼下がり	〃	〃1機	〃	1人	〃
19日	深夜	〃	〃230機	爆弾と焼夷弾	826人	〃

日付	時刻	地域	機数	爆弾種別	被害	目標
24〜25日	23時50分	名古屋市と守山町	B29 130機	〃	1,617人	三菱重工業名古屋発動機製作所と市街地
30日	23時過ぎ	名古屋市	〃27機	爆弾	29人	市街地
4月6日	正午過ぎ	〃	〃単機	?	5人	〃
7日	11時	〃	〃160機	爆弾と焼夷弾	302人	〃
5月14日	8時	名古屋市と周辺町村	〃440機	焼夷弾	276人	市街地と対外
17日	2時過ぎ	名古屋市	〃100機	〃	505人	市街地
22日	正午過ぎ	〃	〃単機	?	9人	〃
6月9日	9時18分	〃	〃42機	爆弾	2,068人	愛知時計電機
20日	0時47分	豊橋市	〃延べ90機	焼夷弾	624人	5か所の軍需工場
26日	8時30分	名古屋市	〃120機	爆弾	426人	〃
26日	23時30分	〃	〃1機	?	5人	市街地
7月12〜13日	23時6分	一宮市と周辺町村	不明	?	29人	〃
15日	正午過ぎ	名古屋市	P51約100機	機銃掃射	6人	〃
20日	1時52分	岡崎市	B29約80機	焼夷弾	203人	〃
24日	正午過ぎ	名古屋市	〃90機	爆弾と焼夷弾	167人	中島航空機製作所と市街地
24日	昼前	半田市	B29,P51機数不明	?	?	〃
26日	朝	名古屋市	B29 1機	爆弾	2人	市街地
28〜29日	23時40分	一宮市と周辺町村	〃相次ぎ襲来	?	654人	〃
8月7日	10時30分頃	豊川市	〃120機	?	2,477人	豊川海軍工廠
13日	13時頃	田原町	P51 3機	機銃掃射	14人	?

資料：中日新聞本社『空襲の記録』1975年8月 78〜79頁

注：春日井市（3月25〜26日、空爆の主目標は鳥居松陸軍工廠、死者26人。8月14日、主目標は鳥居松・鷹来陸軍工廠、死者4人）が示されていないが、3月の場合は「名古屋市と守山町」に含まれているかもしれない。春日井市関連の数値は毎日新聞社『名古屋大空襲』(1971年9月 250頁) によった。

日にはＢ29が440機も飛来している。これに対して、1機飛来とか単機[1]飛来という場合もある。

　空襲の主目標は、平塚柾緒編著『米軍が記録した日本空襲』（草思社　1995年6月　64～66頁）によると、三菱重工業名古屋発動機製作所（零戦や1式陸上攻撃機のエンジン工場）、三菱重工業名古屋航空機製作所（航空機の機体組立工場）、愛知時計電機（海軍用魚雷等の製造）、愛知航空機（空母専用魚雷の製造）、陸軍造兵廠千種工場（機関銃の製造）、陸軍造兵廠熱田工場（速射砲弾や迫撃砲弾等の製造）、陸軍燃料部のガソリンタンク等および名古屋市街地で、終戦の日までに同市では7,855人もの犠牲者が出ている。空襲による1回平均死亡者数最多は1945（昭和20）年6月9日の2,068人で、これに同年3月24～25日の1,617人が次いでいる。もちろん、負傷者および被災家屋も多い。しかし、件数不明の場合が少なからずあるため、これらの表示は省略する。

　そして同年6月20日以降は豊橋、一宮、岡崎、半田、豊川等の県内地方都市も空爆の対象となり、これらで4,000人以上（半田市のみであるが、死傷者500人以上と記されているため、数値の正確な表示は不可能。同市を除くと4,008人）の犠牲者が出ている。とりわけ被害が大きかったのは豊川市（主目標は既述した豊川海軍工廠）で、同市のみで2,477人の犠牲者が出ている。同市の場合、特異な点は破甲（？）爆弾による集中攻撃だったことにある[2]。そして、2005年8月13日付『中日新聞』夕刊は「豊川工廠大空襲死者3,000人超」「地元医師が独自調査」「従来の『2,500人以上』説塗り替え」と報じている。

なお、米軍が採用した新戦略には、①夜間の焦土作戦（3月12日）、②照明弾の使用（3月24〜25日）、③空爆の地方都市への拡大（6月20日以降）、④艦載機P51による空襲（7月15日）などがある。これらのうち、艦載機の使用は機銃掃射（無差別爆撃）の開始を示すものではあるまいか。そして、次節で見る岡山市の空襲は、時期的には、愛知県内地方都市の空襲時期と一致する。

(2) 米軍機（B29）の岡山市空襲

太平洋戦争期間中、岡山市は1945（昭和20）年6月29日と7月24日の2回空襲を受けた。6月29日は午前2時40分から約2時間にわたり、B29約70機の爆撃を受け、市街の大半を焼失した。岡山市編集・発行『写真で見る岡山の戦災』（発行年月日は不明）によると、死者は1,737人、負傷者は6,026人、罹災戸数は25,032戸となっている（4頁）。

初めて岡山市の空襲に取り組む私には、好都合なことに、当時、岡山市に疎開中の作家・永井荷風の「断腸亭日乗」がある。彼は岡山市に1945（昭和20）年6月21日から8月30日まで滞在し、同「日乗」中に、空襲の体験を克明に記述している。したがって、以下においては、これをそのまま引用することとする。依拠する文献は、筑摩書房の現代文学体系17『永井荷風集』（1965年11月発行）である。最初の空襲については、

　　6月28日。晴。宿のおかみさん燕の子の昨日巣立ちせしま、帰り来らざるを見、今明日必ず災異あるべしとて遽に

逃走の準備をなす。果たせるかな。この夜2時頃岡山の市街は警戒警報の出るを待たずして猛火に包れたり（平塚柾緒編著『米軍が記録した日本空襲』〔177頁〕によると、岡山市の空襲は"岡山無警報空襲"と呼ばれている……引用者注）。予は夢裏急雨の濺来るが如き怪音に驚き覚むるに、中庭の明るさ既に昼の如く、叫声 跫音 街路に起るを聞く。倉皇として洋服を着し枕元に用意したる行李と風呂敷包とを振分にして表梯子を駈け降りるより早く靴をはき、出入口の戸を排して出づ。火は既に裁判所の裏数丁の近きに在り。県庁門前の坂を登りつゝ、逃走の男女を見るに、多くは寝間着1枚にて手にする荷物もなし。これ警報なくして直に火に襲はれしが故なるべし。旭橋に至るに対岸後楽園の林間に焔の上るを見しが、逃るべき道なきを以て橋をわたり西大寺町に通ずる田間の小径を歩む。焼夷弾前方に落ち農家2、3軒忽ち火焔となり牛馬の走り出で、水中に陥るものあり。予は死を覚悟し路傍の樹下に蹲踞して徐に四方の火を観望す。前方の農家焼け倒れて後火は麦畑を焼きつゝおのづから煙となるを見る。空中の爆音も亦次第に遠し。即ち立つて来路を歩み再び旭川の堤上に出づ。対岸市街の火は今正に熾なり。徐に堤を下り河原の草に坐して疲労を休むるに、天漸く明し。

と記している（441頁）。そして2回目の空襲については、

　7月24日。晴。午前空襲あり。人々と共に後園の山麓に穿ちたる穴に入りて危険を避く。後に聞く。近巷村落共に

機銃掃射の被害に遭ふ処少からざりしと云。

と述べている（444頁）。

　ただし、最初の空襲は6月28日ではなく正確には29日未明である。また、「旭橋」は「鶴見橋」、「後園」は「後楽園」の誤りであろう。このような誤記について、菅原明朗は「罹災日乗考」と題する文章の中で、

　　わたくしが荷風と居を共にしたのは昭和20年4月15日から、8月26日までの4カ月あまりである。……彼は幾日分かをまとめて記録する以上、当日のことをその日に書いたものと、数日前の記事を書いたものとが混在しているわけである。手帳にノートしたメモの思いちがい、そのメモから浮び上った新たな記憶の前後の顛倒等々、と断腸亭日乗にはこうした誤記が相当以上にあるものと思わなければならない。

と記している（筑摩書房「現代文学体系」第17巻 付録　月報31 1965年11月 3頁）。しかし、引用した範囲では上記3点があるのみであり、また完全な誤記とも言えない。したがって、信頼する価値は十分にあると言えよう。

　次はいよいよ私の体験であるが、余りにも有名な作家のすぐあとに駄文を記すのは、いささか気がひけるし、まことに恥ずかしい思いがする。また自分自身、雨あられと降りくる照明弾や焼夷弾の中を逃げ回ってはいない[3]。このため、修羅場を逃げまどった人々からすると、危機感の乏しい、まことに軽薄な文章と批難

されるかもしれない。当事者たちの身震いがするほど恐ろしい（岡山弁では「ぼっこうきょうてえ」あるいは「ぼっけえきょうてえ」と表現する）体験およびその惨状は次節で紹介する。

　1945年6月29日午前3時前であったか、ドロドロという、かつて耳にしたこともない不気味な音に目を覚まされ、警防団の法被を身にまとうが早いか、戸外へ飛び出すと、すでに米軍機がばらまく照明弾や民家の火災により、岡山市街地上空は昼間のように明るくなっていた。29日頃が田植えの最中だったか、直後だったかは明確に記憶していない（小学校の同僚はムラ内は田植えの最中だったと私のアンケートに回答）が、田間の小径を西方に走り、岡山市の方向へ南下する新田用水（通称土手川）の堤防上に出た。そこにはすでに大勢の人が寝間着のまま、あるいは警防団の法被姿で来ていた。子どもの中には座蒲団を頭にのせている者もあった。怖さのあまり、子どもの声はうわずり、心なしか、身体が震えているように思われた。彼らは怖いもの見たさに駆けつけていたのである。今立っている場所だって、何時、頭上から焼夷弾の雨が降ってくるか分からないのだ。燃え盛る火の明かりが、低空を流れる雲や煙に反射して、集まっている人々の顔がよく分かるほどだった。

　B29の編隊は、照明弾や焼夷弾を落下させると、次々と西方の暗闇に消えていった。大人たちは「今、ひときわ大きく上がった火炎は上の町あたりだ、いや岡山駅あたりだ」などと声高に話していた。

　私たちの集落は、直線距離にして、岡山駅から北東へ約4km、後楽園から北北東へ約3.5kmに位置する寒村のため、空襲など

ありえないと高を括り、皆が高みの見物をしていたが、この時、岡山市街は阿鼻地獄さながらの修羅場と化していたのだ。

　そのうち、岡山城（旭川をはさんで、後楽園の対岸にあり、5重6階の天守だった）が直撃され、ひときわ高く火炎が舞い上がった。その光景は今もなお瞼に鮮明に焼きついている。天守閣の炎上は、直下を流れる旭川の水を真っ赤に染めていたのではあるまいか。しかし、逃げまどう人々にその異様な光景を眺めるほどの精神的余裕はなかったであろう。後楽園の裏を避難した永井荷風は、日記に天守閣炎上の光景を記していないが、その時刻にはもう近くにいなかったのかもしれない。そのうち、B29の爆音は次第に遠のき小さくなるとともに、急に大粒の黒い雨が降りだした。しかし、地上ではまだまだ多くの民家が燃え続けるとともに余燼(よじん)がくすぶっているらしく、赤色を帯びた黒煙がもうもうと立ちのぼっていた。

　空襲当日、三軒屋部隊では、昼食後、帰宅が許された。すべての列車が不通になるとともに、被災家庭の生徒も多く、また直接被弾した者もいたからである。同僚によると、当日の出勤者は、私たち男子学徒に限ると30人（普段の約5分の1）以下だったようである。女生徒は1人も来ていなかったのかもしれない。私は友人と2人で被災地へ行って、その状況を見た。まだ至る所で民家がくすぶり続けていた。もちろん、消防車など1台も来てはいなかった。市の災害担当部署にその時間的・精神的余裕などなかったからであろう。岡山市郊外の警防団員は救援のため、少数は駆けつけていたと言われるが、拱手(こうしゅ)傍観以外に手の下しようがなく、早々に引き上げていったのではある

まいか。

　市街地周辺を少しばかり歩いてみたが、目にとまった光景の中で、一番強く印象に残っているのは焼死体である。見つけたのは焼けた民家の側溝の中である。成人だったことは確かだが、性別は不明だった。顔面と頭部は黒く焼けていた。身体に衣裳はついているが、焼けてしまい、黒い固まりと化していた。焼死体を見るのは、これが私の生涯で最初だったし、おそらく最後となろう。当日、市の中心部まで行っておれば、凄惨極まりない光景に多々出くわしていたかもしれない。岡山市まで４km近くもある道のりを歩いて三軒屋へ行くべく同市に入った同僚の１人はあまりにも多数の焼死体に出くわし、気分が悪くなって、そのまま引返したという。15歳前後の少年なら当然であろう。

　数日後、再度被災地へ行った時は、もう火の気はまったくなかった。しかし、どこからともなく流れくる異臭が鼻をついた。ただし、それが人の焼死体から流れ出ているものか、否かは確認しなかった。まだ少年だった私には腐乱死体を見るのが怖かったからである。

　次は７月24日の空襲（詳しくは本書第５章）であるが、三軒屋から帰宅すると、私と同じ集落の知合い宅も被弾し、家屋が全焼したとのことであった。もし何らかの事情で自宅にいたら、警防団員だった私は、法被を着て、当然、消火活動に参加していたであろう。

　当時、白壁のある家庭は風呂釜や炊事用鍋の底についた煤を水に溶かして壁を黒く塗っていた。しかし、果たしてどれだけ米軍機の目をくらます効果があっただろうか。私の生家には今

も黒く塗った壁が残っている。

(3) 被爆地の惨状

　被爆地の惨状は、原子爆弾の投下地・広島および長崎（両市の場合は、百聞は一見に如かずで、それぞれの資料館を訪問し、展示品を是非とも見学して欲しい）をはじめ、その全部に共通して例外なく見られたのではあるまいか。ここに示す事例には若干誇張されている場合があるかもしれない。しかし、それは皆無に近く、全部がほぼ真実と見て誤りはあるまい。虚偽の記述があるとすれば、それは犠牲者の霊に対する冒瀆(ぼうとく)である。手元にある文献や資料のうち、特に『東京大空襲・戦災誌』（第1～第5巻　発行はすべて1975年3月）には至極多数の事例が掲載されており、とても簡単には読み切れない。ここでは私の郷里・岡山県、現在の居住地・愛知県および東京都の場合にかぎり十余例を示すにとどめる。

① 岡山市史編集委員会『岡山市史』（戦災復興編　1960年11月　81頁）

　　焼け倒れた正覚寺の門の下敷きになった者もあり、半分白骨になったもの、嬰児が母体から出ているもの、子供を抱いて黒焦げとなった母親、子供同志が抱き合って死んでいるものなど、凄惨眼を蔽わせるものがあった。とりわけ空襲のときは……死体が重なりあい、地獄草子以上の残虐な場面であった。

② 堀 花子「岡山空襲、戦災の体験記」(岡山戦災を記録する会『岡山戦災の記録』1　1973年8月、以下は『戦災の記録』と略す)。

　その内に火の手はあちこちから上り、両側の家は焔に包まれ次々にもえ出した。火は風を呼び、風は火をあおってたちまち猛火となり、ゴウゴウッとうなりを上げて猛り狂う。足元に生か死か分からぬが女の人がうつ伏せになって倒れている。手をかけてあげる人もいない。火は後からも物すごい勢いで追いかけてくる。右には男の人の首だけがころがっている。目前で大きな物産館が物すごい音を立てて焼け落ちた。火の粉はふりかかる。焔は夜空をこがし真赤だ。文字通り地獄絵図そのままだ (112頁)。

　罹災者ばかりが集まった弓之町弘西小学校に12、3歳位の兄弟らしい子供が抱き合ったまま姿がくずれもせず黒こげの死体となってタンカで運ばれてくるのも私は見た (とても正視出来るものではない) ……町内の角の貯水槽の中で、すでに水はかれ、夫婦らしい男女が並び、その前に10歳位の子供とあわせて3人が白骨となっていた (113頁)。

③ 松浦総三「東京に軍事目標なし」(『東京大空襲・戦災誌』第4巻 970頁)

　女性の死体には、無惨なものが多かった。着物が焼け半裸で死んでいたが、股間から嬰児が半分ばかり頭を出しているのがあった。おそらく、空襲のショックで産気づいて、逃げることもできず焼死したのであろう。この世に生をう

けた瞬間、炎にみまわれた嬰児には、生の叫び声をあげる権利も与えられなかったのだ(『東京大空襲・戦災誌』第1および第2巻の巻頭には無惨で、とても正視できぬ写真が何枚も掲載されている)。

④　市内老人(男女不明)「あまりにもまざまざと」(『戦災の記録』2 17頁)

　相生橋を渡り、旭川の改修工事の石炭がもへていたので、体を暖める。目の前に、雨にふやけて白くふというねうねとした長い物がありました。始めて見る人間の腸でした。

⑤　粟井一枝「死体の山の中で」(創価学会青年部反戦出版委員会『平和への誓い』第三文明社　1982年7月　45〜46頁)

　私たちの立っていた河原にも死体がたくさんころがっていました。私たちがその光景をみつめていたときです。後の方から赤ん坊の泣き声が聞こえます。どうしたのかと思って振り向いてみると、それらの死体の中には1歳になるかならないかの赤ちゃんが死んでしまった母親の出ない乳を、泣きながら吸っていたのです。腹の底からかわいそうで、どうにかしてあげなくてはという気持ちがいっぱいに込み上げてきました。しかし、その時の私にはどうすることもできませんでした。今でもあの時の赤ん坊の泣き声が耳にこびりついて離れません(地名は記さていないが、岡山市)。

⑥　中島正弘「首のない子供」(第三文明社　前掲書　95～96頁)

　防空壕を飛び出しても、どこへいくあてもなく、ただ茫然と防空壕のそばで周りを見ていた。……その時、子供を背負って、素足のまま必死で逃げ場を捜している母親の姿が目に入った。子供の姿を見て私は思わず立ちすくんでしまった。首がないのだ。ねんねこからは、手も足も出ているのに、頭だけがないのである。爆弾の切片で切り落とされたらしい。血もすでに流れ出たあとのように見える。母親は、逃げることに夢中で、そのことにまったく気付いていない様子だった。子供をおろしたときに、母親は腰を抜かすどころか、半狂乱になるのではないかと思った。私はあまりにも残酷なこの光景に、知らせてあげる勇気はなかった。

　その後、私は自宅へもどるために大元駅（JR瀬戸大橋線の岡山駅から一つ目の駅……引用者注）へ向かった。途中の道端で、油脂焼夷弾で焼けただれた人が「水をください」と手を差し伸べてきた。水をあげることができないので、「しっかりしてください」と、ただ励ますつもりで肩をゆすると、まだ生きている人の皮がつるっとはがれ、肉がとれてしまった。私は、ただわけもなく恐ろしくなり、助けを求めてくる人はおおぜいいたが、その場を逃げ去った。

　そしてまた、住友挺身隊の女子寮でまさに生き地獄ともいえるべき現状に出会った。17、18の女の子たちが、次々と女子寮の2階から飛び降りていたのだった。飛び降りた

人たちは、手、足の骨折だけで助かった人も中にはいたが、頭から飛び降りて死んでいった少女のほうが多かった。階下は激しく燃えており、ただ熱さから逃げたい一心で飛び降りたのだと思う。上にいた少女たちには、級友たちが上へなり、下へなりして、死んでいるのがわからなかったとみえて、あとから、あとから飛び降りた。死んだ少女たちの多くは口を開けて、目を見開いたまますごい形相で死んでいた。この時ばかりは、無惨な現状を目の前にしておきながら、何もしてあげられないのが腹立たしかった。彼女たちは、きっと戦争を恨んで死んでいったに違いない。娘ざかりを挺身隊で引っ張られて、いざ空襲があったときには放っておかれたくやしさは、私の怒りとなった。

⑦　萩原清子「私は広瀬町で空襲をうけた」(『戦災の記録』118頁)

　道路わきの溝に黒いものが見えるので、のぞいたら頭にポッカリ穴のあいた子どもが背中を丸くしてころがっていた。

⑧　坪井宗康「死臭ただよう日々」(『戦災の記録』1　62頁)

　毎日、焼跡の中で、焼けぼっくり(焼けぼっくいではあるまいか……引用者注)を井型に積みあげては、焼け死んだ肉親の死体をもう一度焼いて骨にするのを見た。

⑨　宗政鹿埜「まる焼けになった千日前」(『戦災の記録』176頁)

　そこでは、姉の四男の宗政史朗の死体をトタン板にのせて、焼いておりました。みな泣いておりました。この子は、新居浜の高等工業に行っていましたが、墓参帰郷で帰ってきており、墓参がすんで帰校しようとしたとき、もう1日ぐらいいいじゃないか、明日にでも帰れと1日のばしたばっかりに可愛そうに死んだのです。

⑩　小堺伊勢松「防空壕で死んだわが子」(『東京大空襲・戦災誌』第1巻　610頁)

　トタン板を2枚拾ってきてふたり（弟と長女……引用者注）の死体をのせて、焼跡から薪を拾い集め、死体の上にのせて焼きましたが、その日は半分くらいしか焼けませんでした。暗くなったので、その場を引き揚げて妻の実家へ行き、一泊して翌朝早く上京し、今度は死体の下に薪を積み、上のほうは少しのせて焼きました。それでも3分の1は焼け残りました。その辺から練炭おこしを2個拾ってきてその中にお骨を入れ……。

⑪　尾形徳郎「宮浦のB29」(『戦災の記録』2　73頁)

　B29墜落箇所は、肉体、機体などが散乱し、目をおおうばかりであった。地もとの消防団員によって、あとかたづけが行われ、足くび11コ（ズックの靴をはいているものも

あり、はだしのものもあった）を一つの石炭箱におさめ、墜落箇所の土中に埋めて葬った。

⑫　宗川元章「昭和20年8月7日」（桜丘高等学校『図書館だより』第12号　1981年7月20日　9頁。8月7日の豊川海軍工廠の空襲に関する文章）

　行手を屍に遮られ、横へよければそこにも屍、いたいたしい遺体はうち続いていた。荷車もろ共打ちのめされた馬の巨体が、内蔵を剥き出しにしている。その眼球は化け物のように気味悪く私を見ており、私の足はすくんだ。……大きな蟻地獄を思わせる穴——弾痕が隙間もない程にあけられ、その周囲には死体がるいるいとしていた。俯いて倒れているもの、仰向いているもの、土色で苦痛にゆがめられたその顔は正視できなかった。中には手足のち切れたもの、その飛び散った腕らしいものなど、どれも眼を覆うものばかりであった。

⑬　佐原安子「鼻をつく死の臭い」（『母さんが中学生だったときに』63〜64頁。被災当時豊川海軍工廠機銃部第4機銃工場に所属）

　翌日出勤、正門前の堀には黒こげの遺体が重なっていた。手足はちぎれ、鼻をつく血の臭い、死の臭い、とても正視できる状況ではなかった。それは地獄だった。14歳で地獄を見た。たくさんの友が、固い固いつぼみのまま殺されてしまった。

⑭　山田（旧姓村田）百合子「壕の中から手や足が」（『母さんが中学生だったときに』110～111頁。被災当時豊川海軍工廠機銃部調質工場に所属）

　翌日からは、死臭ただよう焼け跡の整理を手伝ったが、無惨な光景に涙した。トラックには、死体が無造作に積まれ、道には頭や胴が転がり、崩れかかった壕からは手や足がのぞき、まるで地獄を見るようだった。

⑮　蔭山敏子「恐怖のジャンケン」（『母さんが中学生だったときに』242頁。被災当時国府高等女学校3年生）

　一夜明けて登校した時には負傷者の数がいっそうふくれあがり、すべての教室が病室に変わっていた。また重傷者には裸体の左胸に『重』と赤い字で書いてあったのが印象的だ。胸で大きく呼吸をしていた人は、私たちの目前で息絶えていった。『水、水』とうめく人、苦しさに私たちのもんぺの裾を引っ張る人などが一杯で、病室は臭気がこもり、そのやるせなさは言語を絶するほどであった。……理科室は手術室に変わり、手術される患者の苦痛の叫び声が聞こえ、身をちぎられるような思いをした。近くの窓の下には4斗樽が置かれ、切断された手や足が放り込まれていた。おそらく麻酔もなく処置をしたのであろう。その痛みが私たちの体まで響いてくるようであった。また図書室は遺体安置所となり、遺体となった人々で埋まり、立ち上る線香の煙だけが、ささやかな哀惜の情のごとく動きを見せてい

た。私たち同級生5、6人は、包帯を洗うために音羽川まで行った。言うにあまりある暑さの中で、包帯にはたくさんの蛆(うじ)がわいていてぼろぼろこぼれ出てきた。……次の瞬間また、艦載機が頭上より私たちを襲ってきた(「この文章は同級生4名の協力を得」て作成したとの断り書きが付されている)。

⑯　有田辰男「あの日のこと――わたしの8月15日――」(『名城大学商学会会報』No.143　1995年9月)

　豊川海軍工廠の工場を出ると、正門の前には焼けただれた無数の遺体が横たわっていました。……遺体は誰彼の区別なく、学徒寮の隣の養成工の寮にうず高く積まれました。その数は数千。私の部屋の窓からはそれが見え、風向きによってはその屍臭が破れた窓から遠慮なく入り、やがて石油をかけて遺体を焼く煙も入ってくるようになりました。

⑰　「元豊川海軍工廠医務部部員　現桑壽会・下田温泉病院理事長　田中正志先生に聞く　その日の状況」(豊橋市立高等女学校45会編集・発行『最後の女学生――わたしたちの昭和』1995年7月 44～47頁)

　以下は田中正志と山崎(現姓杉浦)一枝の対談であるが、田中は院長、山崎一枝は一枝とのみ記されているため、両名とも同様に記す。

　　院長　当日、私は第二診療隊長で、看護婦、衛生兵ら15

名位と防空壕に入っていて、全員助かったものの、隣の防空壕に入っていた人達は全滅してしまいました。

一枝　隣の壕といっても、僅か10メートル位しか隔たっていなかったのでしょう。

院長　そうです。

一枝　生死を分けた運命の10メートルですね。

院長　ある人は弾丸の破片が鉄兜を突き破って、頭蓋骨にグサッと突き刺さっていました。眼球は飛び出していました。女子工員が『先生助けて。この人、私のお父さんなんです』と泣き叫んでいるのにはまいりました。

一枝　阿鼻叫喚。この世の地獄を目の当たりにされたのですね。

院長　古参の衛生兵が、助ける優先順位をつけていました。死にそうな人には手をつけないで、助かりそうな怪我人の治療にあたったのです。

一枝　野戦病院では、死にそうな人には薬を与えないと聞いていましたが、薬の絶対量が不足していたからですね。

院長　何人も、鋸でアンプタ（切断）をやりました。

一枝　麻酔は？

院長　勿論、麻酔なんかありません。病院の屋根には、赤十字の印がペンキでべったりかいてあったのに、病院が全滅したので、薬が何もなくて困りました。

　　　　　当時工廠には数万人の人が働いていました。2千人以上の人が死んでいる筈です。無傷の人は半分位、負傷した人は1万人以上でしょう。……

一枝　　どんな治療をなさったのですか。

院長　　朝の8時から毎夜12時まで、働きどうしでした。

一枝　　夜中の12時までもですか。

院長　　そう、1日中働いてクタクタでした。20代の若さだから続けられたと思います。……薬品庫がやられたので、薬は何もありません。かろうじてヨーチン（ヨードチンキ）だけは掻き集めてありました。

　　　　盲腸（虫垂炎）患者も発生しました。学校の教壇の上に患者さんを寝かせて、ヨーチンの消毒、局所麻酔で手術をして、良く助かったものだと思います。……毎日多くの人が死んでいきました。爆弾で火傷した人もいました。蛆虫がいっぱいたかって、膿を蛆虫が食べて傷がきれいに治るという、蛆虫治療でした。無茶苦茶でした。

一枝　　蛆虫はハエになって飛んでっちゃったのですか。

院長　　いや、治ったら余分の蛆虫は捨てて、又新しい人の傷口にくっつけて、傷口をなめさしたのです。

一枝　　（茫然。言葉なし）

院長　　死体検索もたくさんやりました。おさげ髪の可愛い女学生が死んでいました。可愛かった。可哀相で今思い出しても涙が出ます。白い鉢巻きをしていました。墨で字が書いてありました。何と書いてあっ

たかな、滅私奉公とか。
一枝　女学校2年の私の同窓生も8名亡くなっています。……

　まだまだ悲惨な事例は多数、というよりは無数にあろう。しかし、紙面の関係上、これをもって紹介を終えることとする。いずれの場合も至極凄惨としか言いようがない。戦争の再発は絶対に阻止すべきである。

　注
1)　小学館『国語大辞典』は、単機を「編隊を組まないで、単独で飛行する軍用機」と言っている。
2)　破甲（？）爆弾の雨に見舞われたという豊川海軍工廠の空襲の様子を浅岡（現姓渡辺）のり子は『最後の女学生』の「はじめに」の欄の中に、

　　8月7日、硫黄島を発進したムスタング戦闘機30機に守られ、マリアナ基地を発進したB29爆撃機、10機編成12波、120余機が、3,256発の250キロ爆弾を、午前10時13分から10時39分までの26分間に、豊川海軍工廠に投下しました。2,544人の死者（内学徒452人・豊橋高女生36人）、1万人以上の負傷者を出したすさまじい大空襲でした。雲一つない晴天の夏の1日は、忽ち、巻き上がる砂塵で、真昼の太陽は、赤く、黄色く、黒く変わり、阿鼻叫喚の地獄と化したのです。

と記している（4頁）。
　当時まだ14歳だった阿形（旧姓藤井）文子（動員部署は豊川海軍工廠機銃部調質工場）は「血の色に見えた炎」と題する文章の中で、

　　仕事について間もなく空襲警報が鳴り、待避をうながすメガホ

> ンの声。急いで壕に飛び込んだ。……その直後、爆弾が風を切って落下。ズズズズ、ドドドーンと物すごいさく裂音。壕は激しく揺れ、土砂が崩れた。壕の中では、男も女も折り重なって身を伏せた。息を殺して、いくつかの爆弾の投下音を生きた心地なく聞き、ひたすら「南無阿弥陀仏」を唱えていた。……土手の上では、大腿部を切断され動けなくなり、手を上げて助けを求める人がいた。

と記している（『母さんが中学生だったときに』29頁）。

3) 1945（昭和20）年3月13日と6月7日は大阪市で、約1か月後の7月3日は疎開先の香川県高松市で空襲にあった現在の隣人（当時は香川県立師範学校付属小学校1年生）であるが、高松市での模様を、

> 7月3日未明、空襲警報。家の外へ。前の畑の真ん中の1本の木の下に布団を頭から被ってうずくまる。ザーザーシューシューと空気を切り裂いて6角形の焼夷弾の雨。絶叫を聞いたが、顔も姿も見ていない。近くにいた人の足を直撃した、と後になって聞いた。約2mの一定間隔で地面に60度の傾きで植えたように畑一面に突き刺さった六角柱が火を噴き、周りを火の海にした。布団を被ってつくばっていたら、中学1年の兄が布団についた火を何かで叩く。消えぬと見た兄は「布団を早く放せ」と叫ぶ。……全く幸運にも、八番町の家は焼けなかった。しかし、家に戻ったら母が青い顔で「中庭に不発弾がある。近寄るな」という。縁側のそばにそれは横たわっていた。250キロ爆弾であった。……数日後、不発弾処理に来たが、処理が終わるまで家に入れず外に寝た。近所の家は、ほとんど皆焼けていて、泊めてもらえるところはなかった。

と回顧している（私への回答）。

第 5 章

米軍機（P51）の列車襲撃

　私は生家を出て田間の小道を北西方向に数百m進んだところで、上道郡高島村と御津郡牧石村（両村とも現在は岡山市）の境界にかかる長さ20mほどの粗末な木橋を渡り、畑作農業一色とでも言える中原集落（旭川の中洲に形成された集落）の下地区を横切り、旭川左岸の堤防を越え、河川敷きを少し進んで舟着き場に着くと、自転車を舟に乗せ、対岸の河川敷きに渡り、そこからまた自転車のペダルをこぎ前記三軒屋へ通っていた。

　三軒屋へ行く途中、米軍機の中国鉄道（現在はJR津山線）列車襲撃に遭遇した日時を明確には記憶していないが、岡山市の2回目の空襲の日、すなわち、7月24日の午前7時半頃と見て誤りはあるまい。この点は『岡山市史』（戦災復興編　1960年11月71頁）に「7時20分岡山市北方半田山上空より侵入の小型10機市上空に於て分散、主として岡山駅、大元駅、玉柏駅、西大寺駅を攻撃、なお市中心部を銃撃」とあり、これらのうち、玉柏駅が下記同駅と一致するからである。その日は早朝から雲一つない快晴だった。そして警報は警戒、空襲ともに出ていなかった。

　渡し舟に乗っていたのは、初老の船頭（渡船業と川魚漁を生業としていた）のほか、私ともう1人の中年女性だったように

思う（なにせ60年も前のことで、正確には記憶していない）。旭川の真ん中（水流幅は50mくらいもあっただろうか。当時は上流にダムなどなく、水量はかなり豊富だった）あたりに舟がさしかかった時、何とも表現しがたい不気味さと怖さを感じさせる飛行機の爆音がどこからともく聞こえてきた。それは爆撃機の大群、例えば、B29が飛来した時、聞こえてきたあのドロドロと地鳴りがするような音ではなく、せいぜい数機の戦闘機が接近する時、上空から響いてくる、やや鋭さの感じられる甲高い音であった。

　その発生源は、私たちから北々西方向、直線距離にして約2kmに位置する標高340mの笠井山上空に忽然と出現した1機の戦闘機（P51と推測される）であった。「あっ、あそこに」と私が指さす方向に機影を認めた時の船頭の狼狽ぶりは、60年が経過した今もなお忘れられない。それまでは、ギッチラ、ギッチラとゆっくりこいでいた櫓を急速に動かして、舟の速度を上げ、接岸すると、船頭は舳先のロープを川岸の杭に巻き付けるが早いか、雑草に被われた防空壕の中へ走り込んだ。一方、私は自転車を舟に放置したまま、急いで草むらに身をかくした。この時、防空壕ではなく、草むらに隠れたのは、それが船頭1人で満員になるほどの小さなものだったからである。

　それまで「男子の生命（いのち）、鴻毛（こうもう）よりも軽し」と洗脳され、また「一億玉砕」「一億火の玉」「滅私奉公」などと日々士気を鼓舞されてはいたが、やはり命は惜しかった。わずか15歳か16歳の少年なら、予科練や少年戦車兵志願者等はともかく、ほぼ全員が同様だったのではあるまいか。また、銃弾が身体を貫通でもす

ると、随分痛く、七転八倒のすえ、遂に死んでしまうのではないかと思った。流血を見るのも怖かった。これらの故に戦闘機を見つけるなり自転車を放置したまま、いち早く草むらに逃げこんだのである。

　その間に、米軍機は急降下するとともに方向を180度転換して、旭川右岸の堤内地を備前原駅から玉柏駅へ向かっていた中国鉄道の下り列車に機銃掃射を浴びせた。その銃弾が機関車にも命中したらしく、水蒸気をシューっと噴き出して列車は止まった。列車と私との直線距離はわずか300mほどしかなかった。しかし、その中間に堤防があり、私は堤外の河川敷きにいたため、被弾の実態を見てはいない。また三軒屋へ急ぐため、その後を見極める時間的余裕もなかった（仮に余裕があったにしても、他村の15歳そこらの少年では、地元警防団の足手まといになるだけであろう）。したがって、死傷者が出たか否かは不明である。ただし、『岡山県政史』(1967年11月)には当日の死者は総数44名と記されている（699頁）。

　列車の銃撃後、米軍機は再度急上昇し、南方に飛び去った。米軍機による列車の銃撃は、この中国鉄道に限らず、数分後に高島村南部を走る山陽本線下り列車でもあった。ただし、それが私が目撃したのと同じ戦闘機によるものか否かは定かでない。西大寺駅を出て西下する山陽本線の列車には、私と同じ三軒屋に出勤する同僚も数人乗っていたが、幸い死傷者はなく、また列車は無事岡山駅に到着した。しかし、ダイヤが混乱し、三軒屋行きの直通列車には乗れず、徒歩で三軒屋まで（直線距離にして約4km）行く羽目に陥った者もあったようである。

その時のことであるが、すぐ目の前を走る山陽本線沿線に実家があった小学校時代の同僚は、怖くて学校工場への出勤を休んだところ、翌日、担任教師から呼び出され、きつく叱られたうえ、「死んでもよいから来るべきだった」と言われたとのこと（電話で聴取）。少女の人権あるいは人格をまったく無視した、許しがたき暴言と言わざるをえない（列車の乗客も多数、彼女の実家へ逃げ込んできたとのこと。これも彼女の恐怖心を煽ったらしい）。しかも、それを教練担当の軍人ならいざ知らず、担任の教師が言っているのである。戦時中は、たとい教師であっても、それが当然で、彼に非の打ち所なしと見るべきだろうか。実に恐ろしいこととしか言いようがない。

　教師による学徒の人格無視という点で共通する事例をもう1つ示しておこう。元飯田高女生だった坂本絢子は「忘れてしまいたいのに」と題する文章の中で「ずいぶん後になってから耳にしたそのころの話がある。どうにもやり切れないので付記する」と前置きをして、

　　他のクラスの子で私の仲良しの子の友達。彼女は1時間30分くらいを歩いて通っていた。たったひとりの兄は……戦死した。担任の先生に兄の死を語りながら泣いてしまった。先生は「こんな時に泣くなんて非国民だ‼」信頼する先生の言葉に余りにもショックが大きく工場も休みがちになった。……聞けば彼女はその頃相前後して両親をも失っているのである。とうとう復学できないままみんなにさようならも言わず姿を消してしまった。非常態勢のさ中、確

かにみんなが必死の時ではあった。しかし、この言葉しかなかったのだろうか。私が教師という道に携わったからこのようなこだわりの気持ちがあるのだろうか。先生は、ご自分の吐かれたことばが１人の少女の心を傷つけ、その後の生き方をも変えてしまったことをご存知なのだろうか。……あれから49年たった今、ちょっとちぢれ毛の頬の赤い小柄な彼女の上に思いを馳せ、心が痛み、やりきれないのである。特に言葉を交わした記憶はないが、名前も顔もはっきり覚えている。どこにいてもいい。元気で生きていてほしいと思う。

と言っている（『女学生の太平洋戦争』381頁）。

　両者ともに、教師の風上にも置けぬあまりにも傲慢かつ不遜な輩としか言いようがない。しかし、戦争という異常事態がそうさせたのかもしれない。とすれば、なおさら戦争を２度と起こしてはなるまい。この２人に引き換え、坂本絢子の意見は、同じ教師であっても雲泥の差がある。このような教師に学んだ児童たちは皆幸せだと思う。

第 6 章

終戦直後の諸事情

　私が生まれ育ったムラのすぐ北には標高200mほどの里山（竜の口山系の1つ）があり、その西麓を日本的に言って中規模程度の川（旭川の分派流で、これが前述のワクを仕掛けて鮎や鰻をとった川。ただし、その名称は不詳）が清水を堪えて滔々と南下し、ムラに達すると、5つの樋門をくぐり、大小4つの水路に分岐して、さらに南方、南東、南西方向へと流下する。その1つに接して私の生家はあり、近くには水車小屋も2つあった。そして初夏の夕べは川面に蛍が乱舞し、また秋は草むらですだく虫の音が一晩中心地よく聞かれた。このように自然豊かな環境で育った私は、敗戦後、どのくらい経過してからか、杜甫の「国破れて山河あり、城春にして草木深し」という詩に感動し、何度か口にしたことを思い出す。ある時は上記・里山に登り、眼下に展開する二毛作田や集落を見下ろし、またある時は生家の紫雲英（レンゲ）田に寝ころび、澄みきった青空を見上げながらのことである。

　また登校途中、眼前に展開する岡山市は見渡すかぎりの焦土と化し、その一角にあった岡山城は、石垣以外、完全に焼失してしまい、付近を通るたびに上記の杜甫の詩を思い出した。以下に戦後の思い出等若干を記すこととする。

(1) 軍事色の稀薄化

　1945（昭和20）年9月、丸1年ぶりに2学期が始まり、期待と不安の錯綜する複雑な気持ちで登校した。校門をくぐると、眼前の広い運動場にはまだ甘藷の葉が青々と茂り、激しかった戦争の名残を色濃くとどめていた。そして十数棟あった校舎中、3棟8教室は惜しくも灰塵に帰していた（『学園百年史』186頁）。

　不幸中の幸いと言うべきか、グランドに面して建てられた大講堂は戦災を免れ、ここで始業式が行われた。しかし、動員前は必ず列席していた元軍人教師や柔・剣道教師等の姿はもう見られなかった。そして奉安殿、兵器庫、柔・剣道場等の建物は焼失を免れていたが、いずれも備品は処分され、中は完全に空洞化していたように思う。

　なお、当然のことながらゲートル着用者、挙手の礼をする者、教師の号令や命令一発で機敏に行動する者など1人もいなかった。しかし、戦闘帽やカーキ色の制服着用者は依然として多数いた。これは、卒業までの期間が短かく、しかも終戦直後で制服等は入手困難だったため、軍事色の徹底的排除を求める占領軍も、大目に見ていたことによるのかもしれない。

(2) 教科書に見られた異常性

　私たちの場合、1945（昭和20）年9月、すなわち、4年生の2学期から丸1年ぶりに授業が再開された。しかし、敗戦後間もないこともあって、しばらくは、授業に不可欠の教科書がなかった。今の児童・生徒たちに察しがつくだろうか。

　そのうち、ガリ版刷り教科書使用の授業が行われるように

なった。中学校時代の同僚は「特に熱心な先生はガリ版刷りの教科書を作成し生徒に配布していた」とアンケート用紙の回答欄に記入している。

　教科書について、愛知県の場合であるが、『鯱光百年史』は、愛知県教育民生部は1946（昭和21）年（『百年史』にこの年次は記されていない。このため、愛知県立図書館に問い合わせたところ、同名の部署が下記両月に存在したのは1946年のみ、しかし、下記２通達はともに見つからない、そしてこれは愛知県公文書館の回答との連絡を受けた）６月に、

>　「補充教材又は参考資料として、教科書以外の一般図書及び新聞、雑誌等を利用し、又これを謄写して生徒に使用せしめることは差支えない」という県教育民生部長通達があり、７月には同じく「教師においては従来のように、教科書にとらわれることなく、新しい授業方法を工夫し、指導方法をひろく試み、そのために教科（教材ではあるまいか……引用者注）を学校、社会及び自然から豊富に取り入れるようにされたい」との通達が出された。こんな情勢のもとで教師の手によるガリ版刷りのプリント授業が相当長い期間続けられた。

と記している（378頁）。

　そして同書の中で、愛知県立一中生だった中野憲和は「９月に始まった授業も、教科書というものは一つもなく、職員の丹精によるワラ半紙のガリ版刷りのものであった」と言っている（382頁）。これは同校に限らず、全国くまなく同様だったのでは

あるまいか。当時、精巧なコピー機などはなく、鉄筆で、やすり板にのせた謄写版原紙を切り、これをワラ半紙にのせ、インクをにじませたローラーを回転させて、1枚ずつ刷っていくしか方法はなかった。小学校高学年の頃、時々、担任教師を手伝ったが、能率の上がらない仕事だった。

なお、『鯱光百年史』には上記のように「ガリ版刷りのプリント授業が相当長い期間続けられた」とあるが、その期間はいったいどのくらいだったのか。中学4年で1946（昭和21）年3月に卒業した同僚の1人は「少なくとも自分が卒業するまではまともな教科書はなかった」と私のアンケート用紙に記入している。

これと同時に、主として国民学校においてと推測されるが、墨塗り教科書[1]が、使用されている。まったく異常だったというほかはない。幸か不幸か、私は墨塗り教科書使用の授業は受けていない。私のアンケートに回答してくれた同僚も全員がその経験なしと言っている。しかし、この理由は不明である。

戦後、どのくらい経ってか、最初に入手できた教科書は、至極お粗末なもので、決して忘れえない。紙質は極めて粗悪で、真夏の直射日光にでも当てると、すぐに変色し、ビリビリに破けるようなものであった。しかも、本の体裁はなさず、新聞紙を広げたような大きな1枚の紙で、これを各自が点線にそって幾つかに折り畳み、折り目をナイフ等で切り、使用するようになっていた。いわゆる「暫定教科書」である。

中村紀久二は、同人監修『文部省著作　戦後教科書　解説』（大空社　1984年5月）の中の、「総論・敗戦と教科書」の5「文部省著作・戦後教科書の影響と評価」の中で、

文部省の通牒では「暫定教科書」としている昭和21年度使用教科書を……"パンフレット""折りたたみ本""タブロイド""分冊教科書"などとさまざまな表現で語っている。英語では、Interim or "stopgap" texts（当座の、間に合わせの教科書ということか……引用者注）と書かれた。これらは、教科書が薄く、貧弱な紙質の粗末な点から名付けられたもので、なかには、母親が新聞紙と間違えてベントウの包み紙にしてしまったという話さえもある。（間接聴取）暫定教科書は、よく１分冊が16ページ、又は32ページと書かれているが、もっと少ないページ数のものがある。

と言っている（78頁）。

　なお、彼が示す中等学校用暫定教科書のうち、国語、数学、物象および英語の４教科について、「前」（依拠した資料には「前」「中」「後」と記されている。ただし、「中」と「後」は省略して見ない）に限り、また男子用に限り、頁数と発行年月日を見ると、まず『中等国語』の「一」〜「三」は全部が14頁で発行年月日は「一」が1946年３月17日、「二」および「三」は同年同月30日、「四」は61頁で同月11日となっている。

　次に『中等数学』第一類は「一」〜「四」の全部が14頁で、発行年月日は「一」が1946年３月５日、「二」は同月９日、「三」は同月17日、「四」は４月13日となっている。

　そして「中等物象」は「一」「二」ともに14頁で1946年３月８日、「三」は30頁で同年同月17日、「四」は26頁で４月12日となり、『英語』の「一」は６頁で1946年３月24日、「二」は12頁で

同年4月14日、「三」および「四」はともに12頁で同年3月31日となっている。以上はすべてを前掲書中（317〜323頁）の中村紀久二「昭和21年度使用暫定教科書目録」によった。

　これらにより、暫定教科書は多くが12頁か14頁で、発行年月日は1946（昭和21）年3月か4月であることなどが知られる。とすると、教科書全部の体裁が戦前あるいは現在のようになったのは、同年9月以降だったのではあるまいか。

　なおついでに示すと、ノートブックの入手も容易ではなく、新聞紙の余白などに英単語や数式を一再ならず書いた記憶がある。また、理科の実験はほとんど行われなかった。というよりは、薬品不足で行えなかった。ただ板書される方程式等を暗記するのみだった。特に鈍感な私はそれが容易には理解できなかった。物理学にしろ化学にしろ、目の前で実験され、結果が示されてはじめて納得のいく勘の鈍い少年だったからである。

（3）夕刻は決まって消える電燈

　発電所や送電施設の多くが爆撃されるとともに従業員不足により、戦後しばらくの間、発電および送電能力は各地とも著しく低下していた。このため、夕方になり、すべての家庭が点灯し始めると、たとえ各戸の消費電力量は小さくても（当時はまだ電気冷蔵庫も電気洗濯機もテレビもなかった。農家には燭光数の小さい裸電球が1戸にせいぜい2つか3つあるだけだった）、電圧低下により、毎晩、必ず電気は消え、回復は決まって夜9時か10時以降となった。この時間帯になると、電球がボウッと明るくなってきた。したがって、夕方からそれまでの数

時間、読書も受験勉強も不可能となった。当時、旧制高校や専門学校は中学4年生からの受験が可能だった。このため、動員先から学校へ復帰すると、直ちに受験勉強に取り組む必要があった。にもかかわらず、勉強は不可能となった。それ故に、しばしばひどい焦燥感に駆られることがあった。

　それのみならずムラ内の柱上変圧器もヒューズがよく切れた。このため停電し、これにもしばしば悩まされた。前記・中野憲和は『鯱光百年史』の中で、「あらゆる生活物資が欠乏し、停電頻発の悪条件下で、やがて定期考査を迎えることとなる」と言っている（382頁）。同じ年頃の全国の少年・少女たちは、秀才は別として、この問題にもたいへん苦しんだのではあるまいか。

(4) 乗客鈴なりの通学列車

　動員前は専ら自転車通学だったが、戦後はしばらく汽車通学をした。利用したのは前記・津山線で、備前原駅から法界院駅を経由して岡山駅に至る2区間である。自転車通学から汽車通学に変更した理由は、必ずしも明確ではないが、自転車が盗難にあったことによるように思う。

　登校時は、毎朝、列車が超満員になり、乗客がデッキに立つことがしばしばあった。それのみならず、母校の『百年史』によると、「汽車は客車数が少なく、入りきれずに貨車に乗り、時にはその屋根によじのぼって通学した記憶のある人も少なくあるまい」というような状況だった（188頁）。このような時、発車間際に駆け込み乗車でもすると、デッキに立って乗降口両側にある取手を

固く握り締め、前の人を抱き抱えるような格好になった。このような状態が数分間も続くと、やがて腕がだるくなり、次の駅で下車せざるをえなくなった。当時、岡山あたりでは、列車は全部が手動式ドアで、満員列車はすべてドアを開けたまま走っていた（このあたりには、残念ながら、記憶違いがあるかもしれない）。このためにも、鈴なりになったのである。

　満員列車の場合は、これ以外にもなお問題があった。その1つは虱に関してである。女生徒の頭髪や制服の襟を這い回る虱の群れを何度も見た記憶がある。ＤＤＴやＢＨＣが普及するまで、多くの人が、当該問題には随分悩まされた。ただし、男性は多くが短髪のせいか、虱がほとんどつかなかった（私の長髪化は地元の旧制第六高等学校に入学してからである）。さらにもう1つの大きな問題は機関車の吐き出す煤煙であった。煤が目に入った時の痛さは、とても辛抱できるものではない。

(5) 多数の闇米購入者来村

　私が生まれ育ったムラが岡山市近郊に位置する米産地のせいもあって、戦後しばらくは闇米購入者が、毎日のように来ていた。多くは物々交換の形で米を入手していた。必ずしも白米とは限らない。というよりは、ほとんどが玄米だった。農家は差し当たり必要な量だけ、農協で精米し、残りの玄米は全部を自家の納屋か倉庫に保管していたからである。そして一時的にであるが、経済的に豊かになった農家は必ずしも現金を要求しなくなり、衣類や貴金属のほか、書画骨董の類

と交換していた。

　買出し人の多くは家庭の主婦であるが、中には仲買人（ブローカー）がいた。彼らは米を60kg（1俵）以上も買って自転車で運んでいた。一度だけであるが、備前原駅の近くで警官に追われ、運んできた米袋を引き裂き、中の米全部をばらまき、荷を軽くして逃走する光景を見たことがある（もしかすると、警官に引き止められ、あわてたため、袋の紐がほどけ、米が出てしまったのかもしれない）。

　私が1955（昭和30）年4月に就職が決まり、名古屋市へ来て間もなく、下宿の小母さんから聞いた話であるが、国道が名古屋市に入る、まさにその入口にあった派出所（今日の交番）の警官に袖の下を使って、闇米の運搬を見逃してもらい、成金になった商売人がいるとのこと。それ以来、50年近く経過するが、今も、同所を通り、その店を見るたびに、彼女の話を思い出す。

　警官が、進駐軍のジープで、すなわち、虎の威を借りて農家を回り、天井裏や床下のみならず病人や妊産婦の寝室にまで侵入し、米を隠していないかどうか、またお櫃の蓋をとり、銀舎利（白米）ばかりを食べていないかどうかを調べることもあったようである。いわゆる"ジープ供出"で、それほどに農家に対する米の供出は厳しかったのである。幸いにも私のムラでは、そのような話は聞かなかった。同様の言葉を知ったのは、大学生になってからのことである。

　闇米販売により、一時、富裕化した農家がある反面、その犠牲になった農家もある。闇米価格は供出米に比べてかなり高く、しかも米の供出量は個々の農家に対してではなく、ムラ全体に

幾らと割り当てられるからである。犠牲になるのは零細規模農家と婿養子や未亡人農家、すなわち、ムラの弱者で、その頃、富裕農家（とは言っても相対的にである）と貧困農家の格差が一段と増大したように思う。そしてこの状況は特需景気出現の1950（昭和25）年頃まで続いたのではあるまいか。

(6) 占領軍の進駐

　敗戦後、2週間が経過した1945（昭和20）年8月30日に連合国軍総司令官ダグラスマッカーサーが厚木飛行場に到着し、9月2日に米国戦艦ミズリー号上で降伏文書の調印が行われた。その後、連合国軍兵士は着々と全国の主要都市に進駐してきた。岡山市へは、「まず1945年10月12日にローパー代将以下27人の先遣隊が到着、……次いで同月23日から29日にかけてアメリカ軍約5千人の将兵が進駐」してきた（『岡山市百年史』下巻　1991年3月79頁）。通学途中、進駐軍兵士や軍隊の装備を見て驚いたことや感じたことなど数点を次に示しておこう。

　まず、兵士について驚き、感じたのは、①恰幅がすごくよい、②戦時中の日本軍兵士（特に陸軍下級兵士）に比べて、服装が著しくスマートである、③スカート着用の男性兵士がいる、④黒人兵士も多数いたが、少なくとも表面上は、人種差別は認められない、⑤予想や噂（例えば、女性に対する暴行など）に反してたいへん紳士的である、などの点である。

　次に、進駐軍の装備については、まず軍用トラックやトレーラーの大きさに驚く。特にタイヤの大きさには目を見張った。それと同時に動員先の三軒屋部隊で見慣れた木炭トラックがす

ごく貧相に思われた。これらからしても、日本は負けるべくして負けたと思った。また、進駐軍兵士に身体を売るパンパンという売春女性がいると聞いたが、そして兵士とアベックで歩く若い日本人女性の姿を何度か見たが、知的に未熟な私にはそれらが何のことか、まったく分からなかった。

(7) その他
　終戦後、しばらく、社会的には極めて重大な事柄あるいは問題でありながら、私との関連ではさほど重大でなかったもの、数点を次に挙げておこう。
　① 農地改革
　生家は典型的な自作農家のため、農地改革によって直接的に受けた影響はほとんど、あるいはまったくなかった。ただ父は農地委員だったため、会議の日は村役場へ出掛けていた。
　② 新円と旧円
　中学4年生か5年生の頃、証紙を貼った紙幣を見た記憶はあるが、経済問題や金融問題に疎かった私（旧制高校は理科に進学）には、新円や旧円の意味などまったく分からなかった。
　③ 闇市
　岡山駅前にも、他の戦災都市同様、焼け跡に闇市ができ、どこにこんな物品が隠されていたのかと思われるようなものまでを店頭に並べて売っていた。しかし、訪れたのは一度だけで、いつしか闇市は消え、新しい町並みが形成されていった。
　④ 傷病兵の街頭募金
　戦後、しばらくの間、傷病兵が白衣をまとい、義手や義足を

身につけて街頭に立ち、金銭的援助を求めていた。そしてこれも、日本中、どこの都市でも例外なく見られた光景と思うが、いつしか姿を消していった。

⑤　可哀相な戦災孤児

戦争犠牲者で決して看過できないのは戦災孤児である。正確な人数は不明であるが、1948（昭和23）年2月現在、厚生省調査では、全国に12.3万人以上（山川出版社『日本史広辞典』）もいたようである。しかし、孤児たちも何時しか街角から姿を消していった。

注
1）　山川出版社『日本史広辞典』は黒塗り教科書を「第二次大戦直後、文部省の指示で戦時中の教材を墨塗り、切り取り、貼り付けなどで削除した国定教科書。1945年9月20日の通達が最初」と説明している。
そして上田市立高女生だった金子くに子は「着られなかった憧れの制服」と題する文章の中で、墨塗り教科書について、

　　ある日、先生が教室に入ってこられて、いきなり「ハイ教科書を開いて、何頁の何行目と何行目を、何頁の何行目から何行目まで、何頁の何行目から何行目の丸のところまでを、すべて黒く塗りつぶしてくるように」といわれました。家に帰り、いわれたとおり墨で塗りはじめました。

　　教科書といえば、私たち学生にとっては、それによって知識を得、人格を形成してゆく大事な本と教えられて、大切にして来ました。今までの書いてあったことは間違いだったから黒く塗って抹殺してしまう。これが戦争に負けたということか。私たちがお国のためにと、これまで純粋に全身全霊を捧げて来たものも、この教科書のように黒く塗り潰されてしまうのだろうか。教科書の

行間に、自分の今までのことが重なって、墨を塗ることは自分の手で自分を否定することのように思えて、どうしてもできませんでした。
　翌日点検がありました。ほとんど真白な私の教科書をごらんになった先生の、温厚で優しい普段からは想像もできないきびしいお声に、弁解もできずただただうつむいていた私の悲しくも懐かしい、思い出です。

と言っている（『女学生の太平洋戦争』132～133頁）。少女期における金子の確固たる信念にはただただ感服するのみである。そしてそれと同時に、黒塗り教科書の抹殺された部分にはいったい何が書かれていたのか、この明確化も今後の課題にしたいとの気持ちが強く湧いてきた。

あとがき

　本書は、1937（昭和12）年7月7日から1945（昭和20）年8月15日まで、8年以上にわたり続いた日中および太平洋戦争に関連する私の体験記である。内容不十分、文章稚拙など、内心忸怩たるものがあるが、拙著により、反戦論者が1人でも増加することを心底願うものである。戦争は、人道に悖（もと）るのみならず、社会全体をまったく異常化し、狂乱化する。しかもその責任を後世の人々にまでも負わしめるからである。

　もちろん、戦争が再発しても、私たちがかつて体験したように、少年・少女たちが、学校で軍事教育を受けたり、学業を放棄して兵器や食糧の生産に従事することなど、決してありはすまい。しかし、今日、戦争に直結する軍備の拡大競争は着々と進行し、平和憲法改正の声はますます高まっている。それに自然科学や技術など日進月歩の昨今、開戦と同時に、それらが悪用され、敵味方なく大量の人命が瞬時に奪われるなど、悲惨な事態の発生も決して皆無とは言えまい。こうした悲劇が二度と繰り返されないという保証はどこにもない。思っただけで身震いがする。しかもいったん勃発すると、その収拾は至難となる。

　哲学者・梅原　猛は、2004年11月8日付『中日新聞』夕刊に「戦争をやめる難しさ」と題して「思い出すのは、来年80歳になる私が幼少年時代から青年時代の間に経験した、偶然に始まった満州事変が日中戦争になり、その戦争がやめられないためについに大東亜戦争と呼ばれる英米相手の戦争に発展した15年戦争のこ

とである」と記している。満州事変の勃発が偶然であったか否かは別として、傾聴に値する意見と言えよう。とにかく戦争を二度と起こしてはならない。そのための努力は、たとえいかなる困難に遭遇しようとも、決して惜しむべきではない。

　さて、いよいよ最後となったが、この場を借りて、本書刊行のきっかけを与えられた名城大学経済・経営学会および本書の出版を快諾された大学教育出版社長・佐藤　守氏に対して、深甚の謝意を表したい。文章は稚拙であり、内容は粗雑であるが、戦後60年という大きな節目の年に上梓の目処が付いたのは、両者の厚意に負うところ大である。なお、校正、その他で、同社編集部の安田　愛氏にはたいへん世話になり、またずいぶん迷惑をかけた。衷心よりの感謝と謝罪の意を表して、いよいよ筆を擱くこととしたい。

2006年 6 月

著　者

■著者紹介

光岡　浩二（みつおか　こうじ）

出 生 地	岡山県上道郡高島村大字祇園（現岡山市祇園）
出生年月	1929（昭和4）年8月
最終学歴	名古屋大学大学院文学研究科修士課程修了
学　　位	博士（農学）
現　　在	名城大学名誉教授
主　書	『近郊農業の構造分析』（未来社　1970年7月）、『大都市周辺農業の構造分析』（未来社　1978年1月）、『農業地理学の方法と実態分析』（未来社　1979年4月）、『日本農家の女性問題』（時潮社　1983年11月）、『農山村の花嫁問題と対策』（農林統計協会　1987年5月）、『日本農村の結婚問題』（時潮社　1989年9月）、『農村家族の結婚難と高齢者問題』（ミネルヴァ書房　1996年6月）、『日本農村の女性たち』（日本経済評論社　2001年10月）

幼・少年期の軍事体験

2006年9月11日　初版第1刷発行

- ■著　者——光岡浩二
- ■発 行 者——佐藤　守
- ■発 行 所——株式会社 大学教育出版
  　　　　　〒700-0953　岡山市西市855-4
  　　　　　電話（086）244-1268(代)　FAX（086）246-0294
- ■印刷製本——モリモト印刷（株）
- ■装　　丁——原　美穂

Ⓒ Koji MITSUOKA 2006, Printed in Japan
検印省略　落丁・乱丁本はお取り替えいたします。
無断で本書の一部または全部を複写・複製することは禁じられています。

ISBN4-88730-672-5